로크미디어가
유혹하는
재미있는 세상

ROK
MEDIA
로크미디어

이것이 법이다

이것이 법이다 39

2018년 7월 19일 초판 1쇄 인쇄
2018년 7월 24일 초판 1쇄 발행

지은이 자카예프
발행인 이종주

기획 팀 이기헌 왕소현 박경무 이승제
책임 편집 최전경

발행처 (주)로크미디어
출판등록 2003년 3월 24일
주소 서울시 마포구 성암로 330 DMC첨단산업센터 3층 318호, 319호
Tel (02)3273-5135 **Fax** (02)3273-5134
홈페이지 rokmedia.com **E-mail** rokmedia@empas.com

ⓒ 자카예프, 2015

값 8,000원

ISBN 979-11-294-0822-8 (39권)
ISBN 979-11-255-9575-5 04810 (세트)

이것이 법이다

39

자카예프 장편소설

ROK MEDIA
로크미디어

CONTENTS

보호받지 못한 자들

"우리 오빠가 탈영이라니요! 그럴 리 없어요!"

노형진에게 배당된 사건.

그건 일반적인 사건과는 전혀 달랐다.

일반적으로 법무 법인을 찾는 사람들은 소송을 위해 오지만, 이 경우는 소송을 위한 게 아니기 때문이다.

"자, 자! 진정하시고."

노형진은 발끈하는 여자를 애써 진정시켰다.

20대 중반으로 보이는 여자는 억울한 듯 노형진이 건넨 휴지로 눈물을 계속 닦았다.

"우리 오빠는 탈영을 할 사람이 아니에요. 군대 가기 전에 가족들을 위해 그 힘들다는 노가다만 3년을 뛴 사람이에요.

나 하나 대학 보내겠다고 3년을 죽은 듯이 일만 하던 사람이라고요!"

　그녀의 오빠는 책임감이 강한 사람이라고 했다.

　공부를 못하는 자신 대신에 공부 잘하는 여동생을 대학에 보낸다고 노력했고, 그 덕분에 그녀는 대학에 들어갈 수 있었다.

　그랬던 그녀의 오빠가 군대에서 탈영했다.

　군대에서는 탈영한 사람을 내놓으라고 수사한다고 찾아왔다가 갔지만, 그녀의 오빠는 어디로 갔는지 찾을 수가 없었다.

　"군대에서는 그냥 탈영 처리하고 오빠가 사라진 것에는 관심도 안 가져요."

　"그 후에 연락이 온 적이 없나요?"

　"전혀요. 우리 오빠는 절대로 탈영한 사람이 아니에요. 설령 누가 괴롭혀서 탈영했다고 해도, 최소한 우리한테 연락 한 번은 할 사람이라고요."

　송하민은 눈물을 가까스로 참으면서 말했다.

　"매년 헌병이라는 녀석들이 오빠 잡으러 왔다면서 우리 집에 와요. 그런데 우리 오빠는 없어졌다고요."

　"경찰에는 신고해 봤습니까?"

　"해 봤지요. 그런데 수배가 떨어진 상황이라 신고 접수가 안 돼요."

　"그렇겠지요."

더군다나 군인의 신분으로 탈영했으니 헌병대 관할 건이다. 그러니 일반적인 경찰서에서 그걸 접수해 줄 리 없다.

"그런데 오빠 되는 분은 연락도 없으시다……."

"네. 부모님이 얼마나 힘들어 하시는데요. 찾으려고 전국을 다 돌아다니셨어요. 조금이라도 관련이 있는 곳, 조금이라도 비슷한 사람을 봤다는 소리가 들리는 곳은 일일이 다 확인하면서 오빠를 찾아다녔다고요. 그런데 아무 데도 없어요."

"그래서 저희를 찾아오신 거군요."

"네. 흥신소도 실패했고, 다른 변호사님들은 자기들이랑 관련이 없다고 해서요."

'그건 그렇지.'

사람을 찾는 것은 보통은 흥신소에서 하는 일이지, 변호사들이 하는 일이 아니다.

대부분의 변호사는 이런 일을 맡기면 누굴 심부름꾼으로 아느냐고 화를 낸다.

"솔직히 아빠랑 엄마도, 오빠가 살아 있다는 기대를 하지 않았으면 좋겠어요."

"네?"

"느낌이라는 게 있잖아요. 수십 년 동안 가장 가까이에서 봐 온 게 남매인데."

그녀는 오빠가 살아 있다고 생각하지 않았다. 그런 느낌이 강하게 들었다.

문제는 오빠의 시신이 나오지 않았다는 것.

결과적으로, 그로 인해 부모님은 헛된 기대를 하면서 전국을 뒤지고 있다는 것이다.

'하아, 이게 문제지.'

차라리 죽었다면 가슴 아파할지언정 포기는 하게 된다.

그러나 죽었는지 살았는지 모른다면 어디에선가 그를 찾을 수 있다는 생각에, 평생을 그를 찾아다니는 것이다.

"죽었다는 확신이 드시는 이유가 뭡니까?"

"그냥…… 느낌요."

아랫입술을 깨무는 송하민.

사실 느낌이라고 하는 것이, 뭐라고 표현할 수 있는 것이 아니기는 하다.

"하여간 우리 오빠는 가출할 사람이 아니에요. 같이 갔던 사람들도 그랬고요."

"같이 갔던 사람들?"

"네. 오빠는 동반 입대한 거거든요."

대한민국에서는 의무적으로 군대를 가야 한다.

그렇기에 그러한 사람들이 좀 더 쉽게 적응하기 위해서, 형제나 친구가 동반 입대를 할 수 있게 해 준다.

이는 즉, 일반적으로 같은 곳에 배치해서 훈련을 받을 수 있게 해 준다는 뜻이다.

심적으로 기댈 수 있는 사람이 있다는 것이 생활에 도움을 주기 때문이다.

"그런데 성준이 오빠 말로는 전혀 문제가 없었대요."

"가혹 행위 같은 것도 없었고요?"

"네."

"흠…… 혹시 그분이 폭행 같은 것 때문에 그렇게 말했을 가능성은?"

"성준 오빠가 제대한 지가 1년이 넘었어요."

그랬다면 그때에는 무서워서 하지 못했다고 하더라도 지금쯤이면 말을 했어야 한다.

그렇지 않다는 것은, 실제로 그런 것이 없었다는 뜻.

"사이코야 한 놈이 있기는 했지만."

"사이코요?"

"어딜 가나 사이코는 있기 마련이잖아요. 그리고 부대 내부에서도 그 녀석을 싫어했대요."

"그래요?"

"네."

그렇다면 그 녀석이 누군가를 집중적으로 괴롭히는 것은 무리다. 그러는 순간 자신이 집중 공격당하기 때문이다.

"나올 때도 같이 나왔고 들어갈 때도 같이 들어가기로 했는데……."

"그런데 복귀할 때 안 왔다?"

"네."

휴가를 나왔다고 매일같이 다닐 수는 없다.

그들은 복귀 시간에 버스 터미널에서 만나기로 했는데, 송하민의 오빠인 송석민이 오지 않았다는 것이다.

"군대에서는 바로 탈영 처리를 했어요. 하지만 우리 오빠는 절대로 탈영할 사람이 아니에요."

"흠……."

노형진은 그 말을 들으면서 고개를 갸웃했다.

물론 탈영은 무척이나 흔하게 벌어지는 사건이다. 그리고 대부분의 경우 가족들은 탈영을 인정하지 않는다.

'그거야 흔하게 있는 일인데.'

문제는 시간.

탈영은 결과적으로 군 생활을 회피하기 위해서 하는 것이다. 그리고 대부분의 경우 머리가 식으면 자수하기 마련이다.

상식적으로, 2년도 안 되는 군 생활을 피하기 위해 평생을 도망 다니는 것은 말도 안 되기 때문이다.

"더군다나 우리 오빠는 상병 휴가를 나온 거예요."

"상병 휴가요?"

"네, 그것도 5개월 만에."

"네에?"

노형진은 어이가 없어졌다.

일반적으로 휴가는 각 계급별로 한 번씩 있다고 보면 된다. 이등병 때는 100일 휴가라는 것이 존재하고, 일병과 상병 때 한 번씩, 그 후에 병장이 되면 말년 휴가가 존재한다.

'그런데 상병 휴가 중에 탈영한다?'

일반적으로 부적응으로 인한 탈영은 일병 때 가장 많이 벌어진다.

100일 휴가는 아직 아무것도 모를 때이기 때문에 단순 공포에 의한 탈영이라서 쉽게 자수하는 편이다.

하지만 일병 때 가장 바쁜 게 군인이다. 오죽하면 '일만 해서 일병'이라는 소리를 할 정도다.

'하지만 상병 5호봉이면…….'

소위 꺾인다고 해서, 편해지는 시기다.

그때부터는 직접적으로 뛰어다니기보다는 시키는 시기라고 봐야 한다. 조금 있으면 병장이 되니 말이다.

'이상한데?'

그때의 탈영은 군 생활이 힘들어서라기보다는 개인적인 문제, 여자 친구가 바람을 피웠다든가 누군가와 심각하게 충돌한다든가 하는 등의 일이 벌어졌을 때 많이 벌어진다.

'하지만 그런 일이 벌어졌을 것 같지는 않단 말이지.'

일단 누군가와 충돌했다면 같이 군 생활을 하는 친구가 모를 리 없다.

그리고 송하민의 말에 따르면 송석민은 여자 친구가 없었다고 했다.

"그 후에 연락이 없다는 거죠?"

"네."

"흠……."

그 부분도 이상한 점이다.

탈영을 하게 되면 가족들에게는 말을 하는 것이 보통이다. 일단 돈이 없어서 도망 다니는 것에 한계가 있기 때문이다.

당장 힘들어서 도망친 건데 가족에게도 연락을 하지 않는 경우는 없다고 봐도 무방하다.

'헌병한테 연락 안 왔다고 할 수는 있지만.'

그랬다면 자신을 찾아올 이유가 없다.

'더군다나……'

송하민이 요구하는 것은 진실 규명 그리고 명예 회복이다. 사실상 송석민의 사망을 기정사실화하고 있는 것이다.

'그렇다면 나한테 거짓말을 할 이유가 없지.'

세상 누가 변호사에게 거짓말을 해 가면서 살아 있는 사람을 죽은 걸로 처리하려고 하겠는가?

"저는 오빠한테 생긴 일이 뭔지 알고 싶어요."

그녀는 이번 일을 의뢰하기 위해 대학을 다니면서 오랜 시간 동안 아르바이트를 뛰어 변호사 비용을 마련했다.

하지만 다른 곳에서는, 이런 사건은 흥신소에나 가 보라면서 맡으려고 하지 않았다.

'당연하다면 당연한 일인데.'

그냥 앉아서 서류 검토만 해도 충분히 벌 수 있는 돈이다.

그러나 이런 사건은 직접 발로 뛰면서 추적해야 하는데, 그 시간에 비해 그다지 많은 돈을 벌 수 있는 것도 아니다.

사건을 맡아서 법적인 공방을 해야 하는 것도 아니고 말이다.

"변호사들이 도대체 왜 거절하는 건지 모르겠어요."

"이런 진실 규명류의 사건은 사건 자체는 힘든데 보수가 그다지 많지 않습니다. 그래서 대부분의 변호사들은 좋아하지 않습니다."

"네?"

"진실을 규명하기 위한 재판들이 많지 않아 힘든 것도 있지만, 그걸 하는 변호사들이 적어서 그렇기도 합니다."

과거의 역사적 사건들도 진실을 규명하기 위해 움직이려면 이만저만 힘든 게 아니다.

"그런데 개인의 명예를 회복시키기 위해 진실을 규명하는 것은 상당히 힘들고, 때로는 불가능하다고 생각하거든요."

"왜요?"

"기록이 없으니까요."

역사적 사건들은 역사적 기록이 있기 마련이다.

하지만 개인 사건은 없다. 증인도 기억하지 못하는 경우가 대부분이고 말이다.

"하지만 저희 새론은 이런 사건을 하니까 걱정하지 마십시오."

"제발 우리 오빠의 명예를 찾아 주세요."

"네."

노형진은 고개를 끄덕거렸다.

⚖️

"단순 탈영은 아닌 것 같네요."

같이 사건을 담당하게 된 무태식은 기록을 뒤적거리면서 한숨을 쉬었다.

"그렇게 생각하십니까?"

"네. 저도 짬밥을 먹은 인간이 아닙니까? 이런 상황에서는 탈영 안 하죠."

"그렇지요?"

무태식은 사법시험에 합격하기 전에 군대에 갔고 병으로 제대한 사람이다. 그렇기 때문에 이번 사건이 이상하다는 것을 기록만 보고도 알아차렸다.

"뭐, 가혹 행위나 트러블이 있는 것도 아니고, 그렇다고 개인적 사태가 벌어진 것도 아니고, 적응 기간은 끝나서 사실상 부대 왕고이고……."

거기에다 과거처럼 군 생활이 긴 것도 아니다. 그러니 몇 달만 더 버티면 세상으로 나오는데 탈영을 한다?

여러모로 말이 안 된다.

"부대 내에서 왕따나 기수열외 같은 것도 없다고 했죠?"

"그렇다네요."

"그러면 나올 이유가 없는 건데."

무태식은 고개를 갸웃했다.

"혹시 무슨 사건에 휘말렸을 가능성도 있지 않습니까?"

"글쎄요. 그랬다면 어디든 연락이 갔어야 하지 않나요?"

"그렇지요?"

송하민의 말에 따르면 송석민은 군복을 입고 실종되었다고 했다.

그렇다는 건, 무슨 사고를 당했다면 일단 국방부에 연락이 되었을 거라는 뜻이다. 그리고 국방부에서는 당연히 신분 확인 과정을 거쳤을 테고.

"더군다나 아침에 나가는 그 순간까지 이상한 일은 없었다고 하니까요."

마지막 행적은 군대에 복귀한다고 아침에 군복을 입고 나간 것.

그런데 군대에서는 복귀하지 않았다고, 그냥 탈영으로 처리해 버린 것이다.

"진짜 탈영할 가능성은 없나? 여자인 내가 이런 말 하기는 그렇지만, 상식적인 경우 말고도 탈영할 이유는 많잖아?"

"그건 그렇지."

손채림의 말에 노형진은 고개를 끄덕거렸다.

실제로 본인만 아는 다른 이유가 있을 수도 있다.

"그건 아는데, 난 표종욱 일병 사건을 걱정하는 거야."

"표종욱 일병 사건? 그게 뭔데?"

노형진의 말에 무태식도 고개를 갸웃했다.

"그게 뭔가요? 처음 들어 보는데."

"정부에서도 쉬쉬하는 병신 짓거리 중 하나죠. 강릉 무장 공비 사건 때 벌어진 일이라서요. 보안이라는 이름하에 묻혀 버린 사건입니다. 희대의 병신 짓이거든요."

"보안? 묻혀요?"

"네."

표종욱 일병은 그 당시에 투입된 군인 중 한 명이었다.

그때는 사실상 전쟁 중이라 군인 한 명만 작업에 투입해서는 안 됐다. 작업을 하더라도 당연히 병력을 보내서 경계 및 경호를 하면서 하는 것이 정석이다.

그런데 군대가 그다지 똑똑한 조직이 아닌지라 표종욱 일병을 단순 작업을 시킨다고 보내 버린 것이다. 그것도 제대로 된 무장도 없이.

그리고 하필이면 그곳에서 공비들과 부딪쳤다.

"결국 그들에게 사로잡혀서 잔인한 고문을 당하고 죽임을 당했지요."

"으으……."

손채림은 얼굴을 찌푸렸다. 그런 일이 있는 줄은 몰랐던 것이다.

"문제는 그 후의 국방부의 행동이야. 그들은 표종욱 일병이 탈영한 것으로 보고 그를 매도하고, 그의 집에 가서 그를 내놓으라고 깽판을 쳤거든."

헌병대가 집에 들이닥쳐 겁박하면서 탈영한 표종욱을 내놓으라고 난리를 쳤다.

"그러다가 표종욱의 옷과 군번줄을 가진 무장 공비가 사살되면서 진실이 드러났지. 그 녀석들이 써 놓은 기록 중에 표종욱에 관련된 내용이 있었거든."

표종욱은 작업하던 곳에서 고작 50미터 떨어진 곳에 낙엽으로 감춰져 있었다.

다짜고짜 탈영으로 처리할 게 아니라 간단한 수색만 했어도 그의 시신을 발견했을 테고, 무장 공비는 더 빨리 잡을 수 있었을 것이다.

"헐."

"문제는 거기서 끝난 게 아니라는 거야."

"응?"

"표종욱 일병이 사망했다는 사실이 뉴스에 나왔음에도 불구하고 국방부는 사람을 보내서 표종욱을 내놓으라고 피해자들을 괴롭혔지."

"그게 무슨 말입니까?"

듣고 있던 무태식은 기가 막혀서 다시 물었다.

이미 사망한 것이 확실시됐고 시체까지 찾았다고 뉴스에 나오는 판국에 표종욱을 내놓으라고 사람을 보내다니?

"뉴스도 안 보는 거야?"

"뉴스도 봤지. 몰랐겠어? 피해자 가족들이 지금 뉴스도 안 보냐고 항의하니까 국방부는 뉴스랑 언론이 장땡이냐면서 표종욱을 내놓으라고 했대."

"헐."

노형진의 말에 다들 기가 막혀 했다. 상식적으로 있을 수가 없는 일이기 때문이다.

"이게 말하는 게 뭐냐, 일단 군인, 특히 병사가 실종되면 무조건 탈영으로 처리된다는 거야. 그 사람이 뭘 어떻게 한 건지, 아니면 다른 이유가 있는 건지는 확인하지도 않고 말이지."

"흠……."

그의 시신이 발견된 곳은 작업하던 곳에서 고작 50미터 떨어진 바깥이었다. 1개 소대, 아니 1개 분대만 수색에 투입했어도 시신을 찾을 수 있었다.

"하지만 국방부는 그 대신에 그냥 탈영으로 못을 박아 버리고 엉뚱한 사람들 괴롭히는 것에 매달린 거지."

"그럼 넌 이번 사건에서 그런 걸 걱정하는 거야?"

"그래."

만일 송석민이 일에 휘말렸다면 그냥 탈영 처리하고 끝이다. 그 후에 국방부가 그를 찾기 위해 노력할 가능성은 전혀 없다고 봐도 무방하다.

"더군다나 탈영병은 경찰 소관이 아니라 국방부 소관이야. 기무대와 헌병이 관할권이 있지, 경찰이 있는 게 아니거든. 그러니까 경찰은 관심도 안 가지지."

"흠……."

결국 실종인데 탈영으로 처리되는 것이다.

"하긴, 헌병들이 제법 잘 잡는다고 들었는데……."

"그렇지요. 그렇기 때문에 문제인 겁니다."

무태식의 말에 노형진은 걱정스럽게 말했다.

"우리나라 헌병대에는 군탈 체포조가 있습니다. 그리고 그들은 탈영병을 상당히 잘 잡는 걸로 유명하죠. 문제는, 그게 탈영병에 익숙해서입니다."

일반적으로 탈영병은 갈 만한 곳이 없다.

십중팔구는 PC방 또는 찜질방 등에서 체포되며, 가끔은 가족들에게 연락했다가 체포되기도 한다.

돈도 없고 갈 곳도 없다 보니 무심코 들어갔다가 잡히는 것이다.

"문제는 그건 탈영이라는 거죠."

"네?"

"탈영과 실종은 전혀 다릅니다. 탈영한 자는 먹고 마시고 자야 합니다. 누군가의 도움이 필요하고, 일정한 공간이 필요하지요. 실수로 자기 계정으로 로그인이라도 하면 바로 위치가 드러납니다. 그러니 잘 잡힐 수밖에요."

하지만 실종은 전혀 아니다.

어디 있는지 알 수도 없고, 최소한의 추적을 하는 것도 쉽지 않다.

그 둘은 전혀 상황이 다르다.

"그리고 국방부는 실종에 관해서는 경험이 전혀 없다고 봐도 무방합니다. 상식적으로 그렇게 잘 잡는 이들이라면, 1년 이상 이탈하는 장기 탈영은 없어야 하지요."

"하긴……."

탈영병들의 패턴은 비슷비슷하게 정해져 있다. 그래서 상당히 높은 확률로 체포할 수 있다.

문제는 그 패턴에서 벗어나 버리면 헌병대도 잡지 못한다는 것.

"그런 경우 아예 집에 상주해 버리는 무식한 짓을 하기도 했지요. 방법이 없으니까요."

"흠……."

가령 연고지가 부산인데 전혀 관련 없는 대전 같은 곳에서, 온라인으로 전혀 로그인하지 않고 노가다 등으로 생계를 유지하면서 찜질방 등지를 전전하면 헌병대는 잡지 못한다.

그걸 아는 몇몇은 그런 방식으로 탈영하기도 했고 말이다.

"실종이라……."

"네."

실종에 관해서는 단 한 번도 경험이 없다고 봐도 무방한

게 헌병대다.

일단 오지 않았다는 사실만으로 탈영으로 못을 박아 버린 채로 수사하고, 못 찾으면 그냥 장기 탈영이 되어 버리니까.

"웃기지만 말이죠, 군인들은 우리나라를 지키지만, 정작 군인들은 우리나라 사법의 보호를 받지 못합니다."

"흠……."

무태식은 잠깐 생각하다가 고개를 끄덕거렸다.

군대라는 조직에 속하게 되면 사법뿐 아니라 사실상 헌법에서 보장한 권리조차 인정받지 못하는 경우가 대부분이다.

"하지만 군인이라는 건 전투 훈련을 받은 사람들이잖아? 그런 사람이 그렇게 쉽게 다칠까?"

손채림의 말에 노형진은 피식 웃었다.

경찰이 하는 말과 똑같은 오류를 범하고 있기 때문이다.

"군인이라고 해서 별반 달라지는 건 아냐."

"응?"

"우리 사건 중에서 남자는 무조건 가출로 처리하는 사건이 있었지?"

"그렇지."

"그 기록을 보면, 경찰은 남자가 저항할 능력이 있다고 해서 보호 대상으로 보지 않고 그냥 가출로 처리해 버려."

"그런데?"

"그런데 그 남자들은 군필 아니야?"

"아!"

대한민국의 남자들은 대부분 군필이다. 당연히 그 논리대로라면 그들은 자기를 지킬 수 있는 능력을 군대에서 배워 온다는 말이다.

하지만 그 당시 결과에 따르면 수많은 사람들이 잡혀서 인신매매당했다.

"더군다나 현대전은 과거처럼 검 하나 창 하나로 싸우는 게 아니야. 수백 미터 앞으로 총질하는 거지."

당연히 육체적인 육박전 훈련은 상당히 부족해지게 된다.

"그리고 범인이 남자라면 그 역시 군 생활을 했다고 가정해야 하지. 그러면 피장파장 아니야?"

"끄응……."

결국 남자라서 자신을 지킬 수 있다는 것은 말도 안 되는 논리다. 도리어 군인이라서 자신을 지키지 못하는 일이 생길 수도 있다.

일반적으로 군인들은 트러블이 생기면 법적으로 상당히 불리하기 때문에 상대방에게 저항하는 게 아니라 맞아야만 한다.

민간인이 먼저 공격했다고 해도, 자신들이 방어하면 징계는 자신들이 받기 때문이다.

"그런 상황에서 약물 같은 걸로 마취시킨다면?"

"저항도 못 하겠네."

"그렇겠지."

가뜩이나 자기방어를 인정하지 않는 대한민국.

거기에다 군인이라는 신분까지 가지고 있는 상황이라면 저항은 거의 불가능하다.

그러니 그 와중에 몰래 주사라도 놓으면 저항도 못 해 보고 쓰러질 수밖에 없다.

"그러니까 문제인 거야."

"흠……."

손채림도 대충 상황이 이해가 갔다.

그녀는 남자가 아니지만, 확실히 그녀가 봐도 군인들은 정작 사법적 보호에서 벗어나 있는 듯했기 때문이다.

"군인에 대한 사법적 보호라……. 그건 저도 생각을 못 했네요."

부대 내부에서 무슨 일이 벌어지든 군인들은 그걸 고발할 권리를 사실상 박탈당한다. 고발하면 내부 고발자라고 해서 불이익을 받는 것이다.

그래서 그 안에서는 가혹 행위나 폭행, 성추행, 심지어 사기까지 별의별 일이 다 벌어진다.

'하지만 대부분 그냥 무마되지.'

그냥 무마되는 정도가 아니라 도리어 고발자가 피해를 입게 되어 있는 구조다.

"결국은 이런 일반범죄에 대해서는 보호를 못 받는 거네."

"그렇지."

노형진은 그 부분을 걱정하는 것이다.

'비슷한 사건이 미국에서도 있었지.'

회귀 전 미국에서도 한 남자가 탈영으로 고발된 적이 있었다. 해외 파병이 얼마 남지 않은 상황에서 벌어진 일이라, 다들 탈영이라 생각했다.

하지만 미군 수사관들은 단순 탈영으로 보지 않고 여러 가지를 확인했다.

해외 파병 국가가 일본이라 위험하지 않은 점, 그리고 그가 이라크에도 파병 갔다 온 경험이 있는 사람이라는 점을 이상하게 생각해서 수사했고, 결국 그가 아내에게 살해당해서 암매장된 거라는 사실을 알아냈다.

'하지만 우리나라에서는 무리겠지.'

미국처럼 직업군인이 아닌 징병인지라 병사를 사람이 아닌 도구와 숫자로 취급하는 것이 대한민국 정부다. 그런데 그들을 보호해 줄 리 없다.

"일단 탈영은 아니고 실종이라고 가정하고 움직인다 해도 여전히 문제가 남아 있는데요. 어떻게 찾으실 겁니까?"

가족에게도 연락이 오지 않고 어디에 있는지 정보도 없다.

귀대하기 위해 핸드폰도 집에 두고 갔으니 핸드폰이 있을 리도 없다.

'그리고 자기 주민번호로 된 계정에 로그인한 적도 없을 테지.'

만일 있다면 헌병대에서 가장 먼저 알았을 테니까.

"일단은 그를 찾는 것보다 관련된 사람을 찾는 게 우선인 것 같습니다."

"관련된 사람요?"

"네. 혹시 이런 타입의 사람이 있는지 알아봐야지요."

"아!"

노형진의 말에 다들 고개를 끄덕거렸다.

"하지만 어디서 찾게?"

"우리나라에는 이런 집단이 있기 마련이거든."

"집단?"

"그래."

노형진이 기억하고 있는 집단이 하나 있었기에 그곳에 접촉해 볼 생각이었다.

⚖

국군실종자대책회의.

군대에서 실종된 사람들을 찾기 위해 만들어진 민간단체다.

당연히 그 멤버들은 아들이 군대에서 실종된 대다수 사람들이다.

"이런 게 있었어?"

"상당히 오래되었지."

"응?"

"한국군은 오래전부터 실종자가 적지 않거든."

"뭐? 그렇게 많이 탈영한다고?"

"탈영이 아니라 실종."

과거 화장실이 소위 푸세식이라고 하던 시절에는 가혹 행위를 하다가 죽어 버리면 시체를 변기에 던져 넣었다는 말이 많다. 그리고 탈영으로 보고해 버리는 것이다.

그래서 해당 화장실을 신형 수세식으로 바꾸는 공사를 할 때 그 안에서 적지 않은 유골이 나왔다고도 한다.

"육군 같은 경우는 어딘가에 묻어 버려도 그만이고, 공군도 마찬가지야. 대부분 민간인이 접근할 수 없으니까. 해군 같은 경우에는 사방이 바다니까."

산에 묻으면 그 사람을 찾는 건 불가능하다. 그냥 탈영으로 처리되어 버릴 뿐.

그리고 군대는 자리를 잡으면 거의 움직이지 않는다. 그래서 그 유골이 나오려면 못해도 30년은 걸린다.

게다가 해군은 그냥 적당히 쇳뭉치 하나만 묶어서 바다에 던지면 영원히 실종으로 처리되니까 더 쉽다.

일부 장교에게 징계가 떨어지겠지만, 정작 그를 죽여 버린 놈들은 제대하는 경우가 대부분이다.

"그렇게 매년 실종자가 발생하지."

"헐."

하지만 제대로 수사해서 범인이 잡힌 적은 극히 드물다.

시체가 없는 이상 무조건 탈영으로 처리하는 대한민국의 후천적인 군대 수사 시스템 때문이다.

"그런데 왜 이런 사실이 외부에 안 알려지는 거지?"

"우리나라의 비밀 제일주의 때문이야. 우리나라의 집단들이 제대로 통제되지 않는 가장 큰 이유 중 하나지."

태생적으로 기밀이 중요한 집단들이 있다.

군대나 국정원 같은 정보 집단들.

그런 곳들은 적이라는 곳을 상대해야 하기 때문에 아무래도 기밀이 중요할 수밖에 없다.

문제는 그걸 자신들을 위해 써먹을 때 발생한다.

"이런 것도 기밀이라고, 외부에 공표하지 않는 거야."

국정원이 기밀이라고 하면서 예산 내역을 공개하지 않는 거야 유명하다. 그렇게 해서 적지 않은 돈을 빼돌릴 수가 있기 때문이다.

"군대도 마찬가지야."

만일 군인이 사망하거나 고참이나 누가 죽여 버리면, 일이 커진다. 최소한 장군급까지는 징계가 떨어진다.

"하지만 탈영은 아니지."

기껏해야 중대장급에 견책이 들어가고, 대대장은 감봉되는 정도. 위쪽에는 전혀 영향이 없다.

"그러니 일반적으로도 문제가 생기면 일단 탈영으로 처리해 버리지.”

탈영은 개인적인 범죄로 보기 때문이다.

“끄응…….”

“그런 식으로 자녀들이 탈영자 취급받는 사람들이 모인 집단이야.”

공식적으로 이들은 국가로부터 버림받은 사람들이다.

국가에서, 군대에서 탈영으로 못을 박은 이상 국가 지원은 커녕 도움도 없기 때문이다.

심지어 조사를 위해 병영 내에 들어가는 것도 불가능하다.

“그런데 왜?”

“이런 사건이 있는지 한번 확인해 봐야지.”

부대에서 사라진 것과 휴가 중 사라진 것은 전혀 다르다. 이런 일이 또 있는지 확인하기 위해서는 사람들의 의견을 들어 봐야 한다.

“일단 이야기를 해 보자고.”

노형진은 손채림과 함께 건물 안으로 들어갔다.

사실 국군실종자대책회의라고 하지만 큰 단체도 아닌지라 그냥 작은 오피스텔을 빌려서 활동하는 수준이다.

그래서 그 안은 무척이나 협소했다.

창가에 있는 책상 네 개와 가운데 놓여 있는 소파, 작은 책상 하나뿐.

“노형진입니다.”

"반갑습니다. 이곳의 대표를 맡고 있는 서석정이라고 합니다."

명함을 주고받은 두 사람은 서로 맞은편에 앉았다.

그들 앞에는 종이컵에 커피가 담긴 채로 나왔다. 그것도 서석정이 꺼내 준 것이다.

"죄송합니다. 규모가 규모이다 보니 사람을 둘 처지가 아니어서요."

"아닙니다."

대부분의 사람들은 그저 서민이다. 자식을 찾기 위해 여기에 오기는 하지만 재정적 지원을 할 상황이 아닌지라 이곳은 언제나 궁핍할 수밖에 없다.

"그런데 어쩐 일로 오셨습니까?"

"실종된 사람을 찾으러 왔습니다. 그런데 혹시나 같은 방식으로 사라진 사람이 있나 해서요."

"부대에서요? 그런 경우는 드문데요."

부대에서 사라지는 경우, 일단 한번 탈영 사건이 나면 상당히 조심하기 때문에 사건이 연속해서 나는 경우는 드물다. 그래서 서석정은 고개를 갸웃하면서 되물었다.

"아니요. 휴가 나와서 사라진 사람입니다."

"네? 휴가요? 진짜 탈영 아닙니까?"

"아닙니다. 가족들이랑 연락도 안 되고, 주변의 증언에 따르면 그가 탈영할 이유가 전혀 없어 보입니다."

"그래요?"

"네."

집안이 가난해서 집을 나갈 수는 있다. 하지만 탈영할 리는 없다.

그건 자신의 인생을 시궁창에 처박아 버리는 일이니까.

"가족에게도 연락을 안 했다고요?"

서석정은 이상하다는 듯 되물었다.

"왜 그러시죠?"

"아, 그게, 탈영을 해도 보통 한 번은 연락이 가거든요."

"그래요?"

"네."

탈영하고 나서 바로 연락이 오는 경우는 드물다. 도망 다니기에 급급하기 때문이다.

하지만 시간이 지나고 나면 추적을 피하기 위해 공중전화를 쓰는 한이 있어도 일단 한 번은 연락을 한다.

"그런데 사라진 지 얼마나 되었지요?"

"2년 정도 되었습니다."

"이상하군요. 그 정도라면, 그래도 한 번은 연락이 와야하는데요."

"그래서 비슷한 사건이 있는지 알아보러 온 겁니다. 경찰에는 이런 기록이 없으니까요."

"하긴…… 군인들의 소속은 군대니까요."

실종 신고를 해도 결국 헌병대로 넘어갈 뿐이다.

문제는 이미 헌병대에 탈영으로 되어 있다는 것.

헌병대가 실종된 사람들을 찾으러 다니는 건 아니니 결국 그는 사라진 사람이 된다.

"실종자들이 워낙 많아서……."

"그래요?"

옆에 있던 손채림은 고개를 갸웃했다.

매년 사람들이 그렇게 사라진다면 언론에서라도 말해야 하는 거 아닌가 하는 생각이 들었던 것이다.

"언론사는 말 안 해요?"

"뉴스가 안 되니까요."

"뉴스가 안 된다?"

"언론의 성격을 말해 주는 적당한 말이 있지. 개가 사람을 무는 건 뉴스가 안 되지만, 사람이 개를 무는 건 뉴스가 된다."

"응?"

"특이하고 이슈가 될 게 아니면 이야기하지 않는다는 거야."

군대에서 실종은 흔하게 벌어지는 일이다. 거기에다 대부분 탈영으로 처리되다 보니 뉴스를 전하는 언론의 입장에서는 이슈가 되지도 않고, 관심이 가는 것도 아니다.

"더군다나 군대라는 특성상 취재가 불가능하니까요."

"그런가요?"

"네."

취재하고 싶어도 안에 들어가는 것 자체가 불가능하다.

설사 취재를 시작한다 해도, 내부에 있는 군인들과 인터뷰할 수 있는 게 아니다.

곧 제대할 녀석들은 자기한테 불이익이 올까 봐 입을 다물고, 진실을 아는 아랫사람이 제대할 때쯤이면 이미 뉴스로서 가치가 사라지기 때문이다.

"그래서 언론도 그냥 입을 다문다?"

"그래."

결국 피해자들은 인터넷을 찾아서 이곳으로 모여드는 것이다.

"아마도 기록 자체만 보면 군대 실종에 대해서는 저희가 제일 잘 알 겁니다."

"정확도는요?"

"저희가 직접 찾아내는 건 드물고, 대부분 피해자분들이 연락을 주십니다. 그 후에는 저희가 매년 연락드려서 복귀했거나 다른 소속이 있는지 알아보고요."

만일 실종 신고를 했는데 탈영했던 것이거나 나중에 찾았다면 매년 그렇게 기록을 정리한다.

"그리고 군대에서 매년 백 명이 넘는 사람들이 실종되지요."

제법 두툼한 명부를 꺼내서 가지고 오는 서석정.

"이게 그 명단입니다. 실종된 사람들 중에서 아직 찾지 못한 사람들이지요."

"제법 많군요."

"네. 하지만 대부분은 군대 내부에서 실종된 거라서요."

"자대 내 실종이라."

노형진은 얼굴을 찌푸렸다.

그건 그가 자대에서 죽었을 수도 있다는 소리다.

"일단 기록을 확인해 직접 뒤져 봐야 할 겁니다. 휴가 나온 걸 따로 구분하지는 않아서요."

"그러면 혹시 제가 봐도……?"

노형진이 손을 내밀자 그걸 건네는 서석정.

노형진은 그 서류철을 한참을 뚫어지게 바라보았다.

"지역별로 구분해 두셨군요."

"네. 아무래도 체계는 있어야 해서."

노형진은 그걸 물끄러미 바라보다가 뭔가 이상하다는 느낌을 받았다.

"흠……."

"왜 그래?"

"아니, 이상한 느낌이 들어서."

"이상한 느낌?"

"그래. 이 기록을 봐."

지역별로 된 수치를 보여 주던 와중에 노형진은 자신을 건드리는 부분이 뭔지 확실히 알게 되었다.

"경기도 쪽에 실종자가 좀 많아."

"아무래도 인구가 많으니까요."

이해가 간다는 듯 고개를 끄덕거리는 서석정.

하지만 노형진이 말한 것은 그런 게 아니었다.

"제가 본 건 인구 대비 실종률이 아닙니다. 휴가 대비 실종이지요."

"네?"

"지금 실종 원인 항목만 좀 봤는데, 7년 전부터 갑자기 휴가 중 실종이 많아졌습니다."

"휴가 중 실종요?"

"네."

"그런가요? 워낙 사건이 많아서."

서석정은 고개를 갸웃하면서 기록을 다시 확인했다. 그리고 당혹스러운 목소리로 수긍할 수밖에 없었다.

"진짜네요."

7년 전부터 경기도권에서 휴가 중 실종이 갑자기 많아졌던 것이다.

물론 탈영 실종은 다른 지역도 있었고 그건 경기도권도 마찬가지였다.

"하지만 휴가 중 실종이 적지 않습니다. 일병이나 상병급도 있고요, 심지어 병장도 있습니다."

"그거야 그런데……."

"제대가 두 달도 안 남았는데 탈영하는 사람은 없지요."

"흠……."

서석정은 뭔가 깨달은 듯 그걸 다시 넘겨받아서 종이에 정리하기 시작했다.

그 결과 전혀 새로운 사실을 알아냈다.

"경기도권에서만 휴가 중 실종자가 매년 열 명 가까이 되는군요."

단 한 번이라도 연락이 오거나 자대에서 잡았다는 소식이 왔다면 해당자를 빼 버리고 전혀 소식이 없는 사람들만 기준으로 판단했는데도 불구하고 매년 열 명.

"그런데 그에 반해 다른 지역들은 숫자가 적습니다. 많아야 두 명 정도군요."

그나마도 시간이 지나면서 집으로 돌아갔다는 의미로 빨간색으로 줄이 그어진 게 적지 않았다.

"하지만 경기도권만 실종이 이상하게 많군요."

"휴가 중 실종이 이렇게 많습니까?"

"그건 아닙니다만……."

서석정은 고개를 갸웃했다.

아무래도 혼자 일하다 보니 그다지 정리를 하지 않아서 그동안 통계를 낸 적이 없다. 그런데 노형진의 말대로 기준을 도입하자 생각지도 못한 결과가 나왔다.

"매년 열 명이라."

노형진은 얼굴을 찌푸렸다.

물론 휴가 중 탈영은 적지 않다. 하지만 잡히는 것도 그만큼 많이 잡힌다. 집 근처에서 도망 다니기 때문이다.

　'더군다나 여기에 있는 사람들은 1년 이상 집에 연락하지 않은 사람들이란 말이지.'

　"흠……."

　"왜?"

　손채림은 그 기록을 보다가 뭔가 발견한 듯 고개를 갸웃했다.

　"아니, 그거 말고도 공통점이 있어서."

　"공통점?"

　"실종 당시 추정 복장이 다 군복이야."

　"네? 전 복장은 따로 기재 안 했는데요?"

　"알아요. 그런데 시기가 그렇잖아요."

　실종 시점을 보면 복귀하기 위해서, 또는 집에 가기 위해 나온 시점이었다.

　두 경우 모두 당연히 군복을 입고 있었을 것이다.

　"군복을 입고 사라진다라……."

　노형진은 그걸 보면서 왠지 가슴이 싸늘해졌다.

　"사고라도 당한 걸까?"

　"그건 아니야."

　물론 사고로 죽을 수도 있다. 하지만 군복을 입고 있는 이상 헌병대에 연락이 갔어야 한다.

　군복은 일반 복장과 다르게 그 존재 자체가 신분증이기 때문이다.

"더군다나 군복을 입고 있다는 건 군번줄을 하고 있다는 소리야. 군인은 군번줄, 아니 인식표가 신분증이니까."

죽었을 때 그가 누군지 알아내기 위해 만들어진 것이 인식표다. 그러니 인식표가 있어야 한다.

"이렇다는 건……."

"왜 그래?"

노형진의 얼굴이 싸늘해지자 다른 두 사람은 고개를 갸웃했다.

"연쇄살인일지도."

"뭐?"

"뭐라고요?"

노형진의 말에 다들 어리둥절한 얼굴이 되었다.

"그럴 리가요. 아무리 그래도 연쇄살인이라니요. 군인인데……."

"군인이라고 해서 안 죽는 거 아닙니다. 바깥에 있으면 그냥 학생이거나 청년일 뿐입니다."

"아……."

군인이 훈련을 받는 것은 사실이지만, 그렇다고 군복을 입으면 갑자기 헐크가 되는 건 아니다.

"확실히 네가 전에 말하기는 했지."

도리어 군인이라서 저항하지 못하는 부분도 있다.

"하지만 연쇄살인이라니……."

"연쇄살인의 전형적인 틀에 맞습니다."

한국은 연쇄살인이 그다지 많지 않다.

정확하게는, 한국에서 연쇄살인범은 잘 안 잡힌다고 봐야 한다. 미국처럼 유전자를 비교하는 자동 시스템이 없기 때문에 잡힌 죄목으로만 드러나기 때문이다.

'실제로 몇 년 후에 시스템이 완성된 후 수백 건이 드러났지.'

연쇄 강간, 연쇄 강도, 연쇄살인까지.

범죄자들이 전국적으로 저지른 일이 한두 건이 아니었던 것이다.

하지만 노형진은 미국에서 수많은 미친놈들을 봤는데, 그 중에는 연쇄살인범도 있었다. 실제로 *그*가 담당했던 사건도 있었고.

"특정 지역, 그리고 군복을 입은 군인이라는 특성, 거기에다가 대략 한 달 간격의 실종……."

"한 달? 열 명인데?"

"모든 피해자들 가족이 이곳을 아는 건 아니니까."

이곳을 몰라서 여기에 등록하지 않은 사람도 있을 테니 그렇다면 대략 한 달 간격을 잡아도 된다.

"전형적이야."

자신이 우려하던 일이 터지자 노형진은 한숨을 깊이 내쉴 수밖에 없었다.

그들은 누가 지키는가?

"이봐요, 낮부터 술 한잔했습니까?"

경찰은 노형진의 말에 피식하고 비웃었다.

노형진은 애써 설득했지만 그들은 여전히 심드렁한 얼굴이었다.

"그게 아니라, 전형적인 연쇄살인범이지 않습니까?"

"이 양반, 미드를 너무 많이 봤네."

"연쇄살인범이 우리나라에 어디 있어요?"

"변호사 양반, 일 방해하지 말고 가요."

"여기는 경찰이라고요. 군인 문제는 헌병대에 가야지."

귀찮다는 듯 손을 휘휘 젓는 경찰들을 보면서 노형진은 이를 박박 가는 수밖에 없었다.

'빌어먹을.'

증거가 없는 상황에서 그리고 의뢰를 받은 것도 아닌 상황에서 그가 경찰에게 뭐라고 할 수 있는 처지가 아니다.

더군다나 군인이라는 특성상 그 권한이 헌병대에 있기 때문에 그들에게 떠넘기니 뭐라고 말할 수가 없었다.

"후우."

노형진은 결국 설득을 포기하고 바깥으로 나왔다.

때마침 헌병대에 다녀온 무태식이 노형진을 찾아오고 있었다.

"왜 여기로 오신 겁니까?"

"아, 여기에 계신 겁니까?"

"그래야지요. 경기 지역 전반의 사건이니까요."

경기지방경찰청에 왔던 무태식은 고개를 흔들면서 다가왔다.

"개소리 말래요."

"군대도 그러던가요?"

"네."

하긴, 군인들의 입장에서는 탈영으로 처리하는 것이 훨씬 일이 편하니까. 다치는 사람도 적고 말이다.

"그나마 한다는 말이, 그러면 가해자는 일반인일 테니까 경찰에 가 보라고 하더군요. 그래서 이쪽으로 온 겁니다. 그런데 왜 여기서 나오시는 건가요?"

"여기는 피해자가 군인이니 헌병대로 가 보랍니다."

"미친……."

무태식은 그 소리에 어이가 없어서 입을 쩍 벌렸다.

"둘 다 일하기 싫은 거죠."

"연쇄살인일 가능성이 있는데도요?"

"증거가 없지 않습니까?"

"끄응……."

이해는 한다. 증거가 없는 일까지 수사하려 들면 일이 너무 많아진다.

하지만 그래도 그렇지, 이건 너무한 것이다.

연쇄살인이면 증거랑 상관없이 심증만으로 움직여야 정상이다. 그만큼 중요한 사건이다.

하물며 실종 기록이 표시된 기간이 7년이고 매년 열 명씩 죽었다면, 일흔 명 정도가 죽은 셈이다.

"그런데 그럴 수밖에 없는 게, 너무 전형적인 거 아닌가요? 미드 보면 막 뭘 감추던데."

"그건 영화니까요."

연쇄살인은 그냥 '심심해서 죽여야지.' 하는 게 아니다. 연쇄살인을 하는 놈들에게는 다 특정한 이유가 있다.

"단순히 이득을 위해 죽이는 건 갱단도 합니다. 하지만 그 녀석들을 연쇄살인범이라 부르지는 않죠."

연쇄살인범들에게는 특정한 뭔가가 있다. 그리고 그건 정신적인 부분의 문제이기 때문에 절대로 멈추지 못한다.

"전형적이라는 것은 그만큼 많은 사건이 그 형태로 벌어졌기 때문입니다. 더군다나 한국에서는 연쇄살인이 제대로 수사된 적이 많지 않지요."

"흠……."

미국은 인구가 많다 보니 미친놈도 많다. 그래서 연쇄살인범도 많다.

미국의 FBI의 경우는 미국 전역의 관할권을 가지고 그런 범인들을 추적한다.

"그런데 한국은 그런 게 없습니다."

한국은 그런 존재가 없다.

물론 광역수사대라는 존재가 있기는 하다.

하지만 그 광역수사대조차 대한민국 정부 소속이 아니라 각 지방경찰청 소속이다. 즉, 그들의 관할 영역은 전국이 아니라 그 지방뿐이라는 것이다.

"그들은 증거가 없으니 움직이지 않을 겁니다."

노형진은 한숨을 쉬면서 말했다.

광역수사대가 함께하면 좋겠지만 이미 그들에게 거절당한 상황.

"그러면 일단 사건이 벌어진 곳을 캐는 게 중요한 거 아닌가요?"

노형진과 무태식은 그쪽으로 고개를 돌렸다.

거기에는 어떤 사람이 서 있었다.

"누구신지?"

"아, 김상엽 기자라고 합니다."

"아아."

경기도 경찰청같이 한 지역의 경찰을 다 관리하는 곳은, 상주해서 기삿거리를 찾는 기자가 한두 명은 있기 마련이다. 그도 그런 사람들 중 한 명인 모양이다.

'그리고 대부분은 힘없는 사람이지.'

상식적으로 비공개인 경찰 수사를 그들이 알려 줄 리 없다. 큰 건이 터지기도 하지만, 그러면 상주 인력이 아닌 다른 사람이 들어온다.

'그러니까 그냥 대기 타는 장소지.'

그래서 보통 경찰서 상주 인원은 들어온 지 얼마 안 된 사람이 많이 배치된다. 아니면 순환제로 하든가.

대기실이 있기는 하지만 그다지 큰 사건이 아니면 정보를 얻기 힘들기 때문이다.

"저희가 아는 곳은 한 곳뿐이라서요."

"아까 들어 보니 무슨 연쇄살인이라면서요?"

"추정일 뿐입니다."

"흠……."

김상엽은 약간은 고민하는 얼굴이 되었다.

그럴 수밖에 없는 게, 모 아니면 도이기 때문이다.

'냄새는 나는데 말이야.'

변호사가 와서 경찰에 도움을 요청한다는 것은 단순 추정이라고 해도 작지 않은 건수다. 하지만 증거가 없다는 건, 해결 못 할 가능성도 높다는 뜻이다.

　'만일 여기서 나가면……'

　회사에서는 자신에게 여기서 대기하면서 기삿거리를 찾으라고 했다.

　'확실히 맞는 상황이기는 한데.'

　문제는 그게 직접 취재하라는 게 아니라, 쓸 만한 거 있으면 선배를 부르라는 소리라는 거다.

　'쌍놈의 새끼들.'

　그러면서 자신은 정작 실적이 없다고 지원도 안 해 준다.

　"왜 그러십니까?"

　"아닙니다. 뭘 좀 생각하느라고요."

　김상엽은 맘을 독하게 먹기로 했다.

　'그래, 이거 물자. 어차피 시간만 보내는 거.'

　기다려 봐야 경찰은 알려 주는 것도 없다. 더군다나 이걸 알려 줘 봐야 남 좋은 일만 시켜 줄 뿐이다.

　'꽝이면 시말서 좀 써야겠지만.'

　대신 성공하면 자신은 엄청난 건수를 물어 오는 것이다.

　"혹시 관련된 이야기를 좀 들어 볼 수 있을까요?"

　"네?"

　"상부상조하자는 거죠."

"무슨 말씀이신지?"

"아무래도 기자라는 이름은 상당히 강력하지 않습니까?"

그게 무슨 말인지 알아차린 노형진은 씁쓸하게 미소 지을 수밖에 없었다.

⚖

"그래서 조사차 오셨다고요?"

"네."

히죽거리면서 웃는 김상엽.

그리고 그 앞에 있는, 지역 경찰서의 강력계 형사.

'역시.'

노형진은 그를 끼워 넣은 것이 확실히 도움이 된다고 인정할 수밖에 없었다.

사정을 모두 들은 그는 합류하자마자 자신의 기자 신분을 십분 이용했다.

"이곳에 연쇄살인범이 있다는 소문이 있습니다."

"허허, 그거참."

"그래서 조사 중인데 협조 좀 부탁드립니다."

천연덕스럽게 웃는 김상엽.

그는 경기도 지방경찰청에서는 누가 알아주지도 않는 생초짜 기자이지만, 다른 곳에서는 그런 그의 신분을 모른다.

그저 기자 신분증만 볼 뿐이다.

'그리고 지방경찰서에서는 기자 신분증이 상당히 강력하지.'

가령 이번 사건의 경우, 그의 힘을 알고 있는 중앙에서야 가뿐하게 씹거나 더 친한 선배 기자에게 말하면 그의 기사를 막는 거야 일도 아니겠지만, 지방경찰서에서는 그가 '연쇄살인으로 의심되는 사건을 현지 경찰이 수사 거부' 같은 식으로 한 번만 기사 쓰면 말 그대로 폭탄 터지는 셈이 되어 버리기 때문이다.

"그럼요, 도와드려야지요."

미소로 답하는 경찰.

"마침 한 명이 있습니다. 어이, 은 경사!"

그가 부르자 한 명이 일어서서 이쪽으로 오는 게 보였다.

그리고 그걸 보고 노형진은 씁쓸한 기분에 속으로 울컥했다.

'또야?'

눈앞에 보이는 사람은 여자였다.

물론 여자가 경찰 하지 말라는 법은 없다.

그러나 노형진은 봤다, 그녀가 앉아 있던 곳이 강력계가 아니라 절도계라는 것을.

'안 믿는다 이거지?'

기자가 왔으니 적당히 대우해서 보내 준 것뿐이라는 것을.

그걸 모르는 김상엽은 좋다고 웃었지만.

'뭐, 그래도 치고받고 할 게 아니니까.'

자신들에게 필요한 것은 경찰이라는 일종의 얼굴마담이

다. 자신들이 조사한다고 해도 한계가 있으니까.

"좋은 결과가 있기를 바라겠습니다."

히죽 웃는 반장의 얼굴을 노형진은 한 대 까고 싶었지만 그저 꾹 참을 수밖에 없었다.

⚖️

"생초짜 둘을 데리고 뭐 하는 겁니까?"

무태식은 어이가 없다는 듯 노형진에게 조용히 말했다.

"어쩌겠습니까? 지금 지원이 이것뿐인데."

"끄응……."

일단 필요한 것은 얼굴마담이니 그저 넘어가는 수밖에.

"그러면 어디부터 갈까요?"

김상엽은 그런 노형진과 무태식의 마음을 모르는 건지 두 사람에게 다가와서 다시 물었다.

"일단은 피해자가 어디서 실종되었는지 알아야지요."

"어디로 갔는지 알 수 있나요?"

"네. 그날 행적에 따르면, 부대에 복귀하기 위해 일단 시내버스를 탔다고 합니다."

시내버스를 타고 터미널로 가서 고속버스로 갈아타거나 기차를 타는 것이 일반적인 군인들의 방식이다.

"보통 차를 타고 가지 않나요?"

"피해자의 집에는 차가 없습니다."

"아."

은 경사, 아니 은소민에게 대답해 준 노형진은 터미널로 방향을 잡았다.

"시내버스에서 중간에 내릴 이유는 없으니 아마도 터미널까지는 갔을 겁니다. 그곳부터 수사를 시작하지요."

은 경사는 고개를 끄덕거렸다.

그들은 어렵지 않게 터미널에 도착했다.

사실 시골의 터미널이라는 공간은 보통 규모가 그리 크지 않다. 오는 버스도 많지 않고 이용하는 사람이 많은 것도 아니다.

하지만 그렇다고 해도 모든 사람을 기억할 수는 없다.

"기억할 리 없지요. 2년이나 지났는데."

"그렇지요?"

2년 전에 표를 끊어 준 기억 같은 것이 직원에게 아직까지 남아 있을 리 없다. 더군다나 그 시간이면 감시 카메라 보관 기간도 훨씬 전에 지났다.

"후우."

시작과 동시에 갑자기 막혀 버리자 노형진은 어찌해야 하나 앞이 캄캄해졌다.

"좀 빨리 오지 그러셨어요?"

"그게 말이죠……."

의뢰인인 송하민이 돈이 없어서 변호사 비용을 마련하기

위해 상당한 시간을 보낸 것이다.

그나마도 처음에는 군대의 말을 믿고 돌아올 거라 기다린 탓에 시간이 너무 오래 걸린 것이 화근이었다.

"발권 기록을 뽑아 보는 건 어떨까요? 그건 전산에 남아 있을 텐데."

나름 방법을 찾아보려고 한 건지 은소민이 자신의 의견을 건넸다.

전산 기록은 공간을 안 먹으니 남아 있을 수도 있었다. 하지만 그건 별 의미가 없는 행동이었다.

"무리일걸요. 군인들은 현금으로 결제하잖아요."

송하민은 힘들 거라는 듯 고개를 흔들었다.

하지만 노형진은 정신이 번쩍 들었다.

"카드 내역은 확인할 수 있나요?"

"글쎄요. 확인이 가능할지도 모르겠네요."

무슨 뜻인지 알아차린 직원은 고개를 끄덕거렸다.

"가능하다니요? 군인은 현금으로 타는 거 아닌가요?"

김상엽은 고개를 갸웃했다.

그러나 그는 잘 모르는 것이 있었다.

"지금은 아닙니다."

"네?"

"지금은 나라사랑카드로 월급이 나오거든요."

과거에는 월급일이 되면 현금으로 돈을 지급했다.

하지만 지금은 금액도 커지고 또 이용의 문제도 있어서, 나라사랑카드라고 하는 군인 전용 카드를 만들어서 거기에 모든 돈을 넣어 준다.

"나라사랑카드?"

"네."

나라사랑카드는 정부에서 만든 카드로, 20대에서 30대 사이의 징병 대상자들이 쓸 수 있다.

"하지만 그게 그 사람인지 알 수는 없잖아요?"

"글쎄요. 이 작은 터미널에, 휴가에서 복귀하는 군인이 그렇게 많을 것 같지는 않군요. 그리고 여기서 자대로 가는 버스가 없으니까……."

"아!"

송석민이 군 생활 하던 곳은 양구다. 그러니 그곳에 가기 위해서는 다른 곳에 가서 버스를 갈아타고 가야 한다.

"그곳으로 가는 나라사랑카드로 결제한 기록은 그리 많지 않을 것 같은데요?"

"잠시만요."

결국 직원은 상부랑 이야기해 보고는 기록을 조회해 주기 시작했다.

'이래서 경찰이 필요한 거지.'

일반적으로 기자나 변호사만 올 경우 그들이 이런 편의를 제공해 주지는 않는다.

하지만 경찰이 가면 대부분의 업체들은 중요한 사항이 아니면 경찰에 대한 협조 차원에서 이런 걸 준다. 그리고 이런 건 확실하게 도움이 된다.

"있네요."

"역시!"

그가 사라진 날, 나라사랑카드로 결제한 그날의 기록은 한 가지뿐이었다. 그리고 출발한 시간도 대충 예상과 비슷했다.

"그러면 여기서는 출발한 게 맞는 모양이군요."

그렇다면 실종은 다음 장소, 그러니까 갈아타는 버스 정류장에서 일어났을 가능성이 크다는 소리다.

"일단 그곳으로 가 보죠."

그곳은 이곳과 비교도 할 수 없을 만큼 사람이 많겠지만 별수 없었다.

"결과가 좋기를 바라야지요."

노형진은 그곳으로 발걸음을 향했다.

"응?"

아니나 다를까, 그곳에서는 아무런 소식도 없었다.

사라진 그날 결제된 나라사랑카드만 해도 백 개가 넘어 특정하는 것도 불가능했다.

"국방부 쪽에 도움을 요청해야 하는 거 아닌가요?"

"글쎄요……. 그 방법밖에 없을 것 같은데요?"

나라사랑카드를 쓴 사람이 누구였는지 확인하기 위해서는 국방부에 말해서 그들의 신분을 알아내야 한다.

"무리일 겁니다. 그건 영장이 나와야 가능한데……."

"정식 수사가 아니니 영장이 나올 리가……."

김상엽과 은소민의 말에 노형진과 무태식은 고개를 흔들었다.

"더군다나 은소민 경사의 관할을 넘어와서, 협조를 받는 것도 무리일 것 같구요."

"흠……."

노형진으로서는 사실상 선이 끊어져 버린 것이나 마찬가지인 상황.

"이제 추적할 방법이 없군요."

사이코메트리로 기억을 읽기에도, 사람이 너무나 많이 오가는 곳이라 힘들다. 더군다나 시간마저도 정확하지 않으니 그건 불가능한 상황이다.

'그렇다고 포기할 수도 없고.'

"다른 사람을 찾아봐야 할까요?"

"다른 사람?"

"네. 그곳에서 실종된 사람들이 많지 않습니까?"

무태식의 말에 노형진은 잠깐 생각하다가 고개를 흔들었다.

"힘들 것 같은데요."

"네?"

"그분들도 마찬가지일 테니까요. 시간도 오래되었고 말입니다. 최근 사건은 아무래도 거기까지 올 만큼 시간이 지난 건이 아니니까."

"아……."

아마도 최근에 실종된 사람들의 부모는 탈영이라는 말을 믿고 기다리고 있을 가능성이 높다.

국군실종자대책회의에 등록된 사건들은 죄다 1년 이상 된 사건들이니 자신이 기록을 추적할 수도 없고 말이다.

"경찰에 가지고 가면……."

"지역도 다 다르고……."

은소민도 대충 사건에 대해 들었기 때문에 김상엽의 말에 고개를 흔들었다.

"관할이 아니니 조사도 안 할걸요."

"끄응……."

노형진은 얼굴을 찌푸리면서 터미널 바깥으로 나왔다.

그런 그의 눈에, 나무 사이에 묶여 있는 커다란 플래카드가 보였다.

"응?"

노형진은 그걸 보고 움찔했다.

거기에는 군복을 입은 남자의 모습이 박혀 있었다. 그는 미소를 지으면서 있었지만 그 내용은 그렇지 않았다.

이 사람을 보신 분은 연락 주시기 바랍니다. 사례하겠습니다.

아마도 피해자 중 한 명이 가져다가 걸어 둔 것인 듯했다.

'그런데 왜 여기에 있는 거지?'

이 지역에서 실종된 사람은 없다. 그런데 왜 여기에 저걸 걸어 둔단 말인가?

그냥 혹시나 하는 마음에 걸어 뒀을까?

그럴 수도 있다.

하지만 그런 것치고는 플래카드가 너무 깨끗했다.

사실 수많은 사람들이 여기에 다닌다. 당연히 이걸 걸어 두면 관리하는 곳에서는 다 끊어서 버릴 것이다.

그렇다는 것은 몇 번이고 새로 걸 정도로 절박하며, 또 여기에 꼭 걸어야 한다는 뜻이다.

'그러고 보니……'

생각해 보면 자신의 예상대로라면 연쇄살인범은 계속 살인을 하고 있어야 한다. 그리고 그 반경은 경기도 전역이다.

'하지만……'

일반적으로 보기에 경기도 전역이라면, 살인 반경치고는 너무 넓다.

물론 떠돌아다니는 살인범도 있기는 하다.

하지만 그러면 전국에서 실종자가 나왔어야지, 경기도권에서만 그렇게 많이 나오면 안 된다.

"잠시만요!"

"네?"

노형진은 순간 뭔가가 머릿속을 스치고 지나가는 것을 느꼈다. 그는 나왔던 곳으로 다시 들어가 벽에 걸려 있는 운행 시간표를 바라보았다.

"양구 철원……."

그걸 보고 있던 노형진의 얼굴이 와락 찡그러졌다.

거기에 적혀 있는 수많은 도시들이 말해 주고 있다, 이곳은 일종의 허브라는 것을.

각 지역을 연결하는, 갈아타는 곳.

그리고…….

'모두 다 있다.'

국군실종자대책회의에서 본 모든 지역이 그곳에 있었다.

'실수다.'

실종 신고는 자신의 집에서 했을 것이다. 그렇다면 경기도 권 전역일 것이다.

그러나 이곳은 갈아타는 터미널.

그 모든 사람들이 모이는 곳.

이곳이 바로 사건 현장이었다.

"그건 생각을 못 했네요."

무태식은 심각한 얼굴이 되었다. 신고 시스템을 생각해 보면 그들의 집에서 실종 신고가 되지 이곳에서 될 리 없으니까.

"신고된 곳은 아마 집일 겁니다. 정확하게는, 우리가 본 것은 군인들의 집의 위치지 정확한 실종 위치는 아니었지요."

"음......"

국군실종자대책회의에 올린 주소는 집에서 나가는 걸 기준으로 작성됐으니 당연히 집에서 실종된 것으로 돼 있었던 것이다.

"하지만 여기는 그 모든 도시에서 모이는 곳입니다. 다른 도시, 특히 북부의 군대가 많은 곳으로 가기 위해서는 이곳을 거쳐야 하지요. 그러니 그들에게는 공통점이 있을 겁니다."

"이곳이 모든 희생자들의 공통점이라."

"네, 그렇지 않다면 그들을 빼낼 수는 없을 테니까요."

이렇게 사람이 많은 곳에서 다른 사람들에게 걸리지 않고 납치할 수는 없다. 즉, 군인을 빼돌릴 다른 방법이 있다는 것.

"무슨 수를 썼는지 모르지만 분명히 군인들을 이곳에서 빼내는 방법이 있을 겁니다."

"흠......"

김상엽은 주변을 둘러보았다.

수많은 사람들이 다니는 이곳. 이런 곳에서 도대체 어떤 방법으로 사람을 빼돌린단 말인가?

"강제 납치일까요?"

"그랬다면 아마 누군가는 봤겠지요."

"그러면?"

"무슨 방법을 썼는지 모르지만 일단 피해자들이 자발적으로 범인을 따라간 것은 확실합니다."

"자발적이라……."

그게 가능한 경우는 별로 없다.

특히나 대부분의 군인들은 복귀를 앞두고 시간에 쫓기는 상황이다. 그러니 누가 같이 가자고 해서 그리 쉽게 따라갈 리 없다.

"여자가 꼬신 거 아닐까요?"

"네?"

"하룻밤 자고 가라든가."

은소민 경사는 가장 그럴듯한 가설을 이야기했다.

확실히 군인이니까 여자가 다가온다면 관심을 가질 것이다.

"에이, 설마요."

하지만 김상엽은 피식 웃었다.

"그냥 여자 만날 거면 사창가로 가죠. 그런 여자들은 뻔한데."

"그런가요?"

"네. 군인보고 갑자기 모텔 가자고 하는 여자가 어디 있습니까? 당연히 의심하지요."

더군다나 그렇게 되면 필연적으로 버스를 놓칠 수밖에 없다. 그러면 그다음 수순이 징계라는 건 뻔한 사실이다.

그런 상황에서 누가 좋다고 따라나서겠는가?

"그리고 여자가 연쇄살인범이라는 건 말도 안 되죠."

피식 웃는 김상엽.

하지만 노형진의 얼굴은 딱딱해졌다.

"가능성이 있는 얘기로군요."

"에? 변호사님도 그렇게 생각하시는 겁니까? 말도 안 돼요. 누가 복귀해야 하는데 여자가 꼬신다고 따라가요. 거기에다, 아는 여자도 아니고 처음 보는 여자인데."

피식 웃는 김상엽.

"남자의 문제가 아니라 군인의 문제입니다."

"네? 그게 무슨……."

"군인은 사회적으로 주목받는 직종입니다. 그리고 뭐라도 하나 잘못하면 지탄받는 직종이지요. 전에도 말했지요, 군인이 저항하다가 누구 하나 다치게 하면 일이 커지니까 맞고 만다고?"

"네."

분명히 노형진이 설명했던 적이 있다.

"그런데 만일 누군가의 도움을 거절한다면?"

"네?"

"만일 도움을 거절했는데 그게 사회적으로 지탄받을 만한 일이었다고 치지요. 그럼 어떻게 될까요?"

"아…… 음, 확실히……."

문제가 될 것이다.

물론 길게 생각하지 않고 거절할 수도 있다. 그러나 대부분의 군인들은 그런 경우 그냥 도와주는 것을 선택한다.

"그러면 군인들이 자연스럽게 그들을 따라가는 것도 이상한 일은 아니지요."

"음……."

다들 이해가 간다는 듯 고개를 끄덕거렸다.

가끔 군인들이 사람을 구하거나 옳은 일을 하는 모습이 언론에 나기도 하고 미담이라고 알려지기도 한다.

군대라는 것은 국민을 지키기 위해 존재하는 곳인 만큼, 그런 경우 대부분의 군인들은 기꺼이 도움의 손길을 내민다.

"그렇게 하면 누구도 모르게 조용히 사람을 빼돌릴 수 있는 거지요."

"그러면 어디로요? 그리고 누가?"

"글쎄요……."

노형진은 얼굴을 찌푸렸다.

그게 문제다.

그렇다고 여기서 군인들을 일일이 쫓아다닐 수는 없는 노릇.

"일단 장소는 대충 알 것 같은데요."

"네?"

무태식의 말에 다들 고개를 갸웃했다.

"저 뒤쪽에 으슥한 곳이 있더군요."

"으슥한 곳?"

"네. 아무것도 없는 곳 같던데요. 아까 화장실을 찾으면서 봤습니다. 한번 가 보죠."

무태식의 말에 다들 그곳을 확인해 보기로 했다.

그리고 그곳에 도착했을 때, 다들 고개를 끄덕거렸다.

"확실히 그러네요."

그곳은 좁은 골목이었다.

양측 건물 모두 반대쪽의 대로를 향해 입구가 나도록 되어 있어서 입구 하나 없는 길이 쭉 이어져 있었다.

"조명도 없고, 카메라도 없고."

구석에 있는 토사물과 더러운 쓰레기들만이 이곳에 사람이 오지 않는 것을 증명할 뿐이었다.

"아무도 오지 않겠네요."

"아무래도 이런 곳은 꺼려지지요."

사방에 밝은 길이 있는데 어두운 골목으로 누가 들어오겠는가?

"그리고 저 끝을 보세요."

반대쪽으로 나가자 어두컴컴한 공간이 나타났다.

아마도 주차장인 듯했다. 그런데 워낙 좁아서, 고작 다섯 대 정도 대는 것이 한계였다.

그리고 그중 하나는 그 골목과 바로 맞대어 있어서 트렁크 같은 걸 열고 밀어 넣으면 다른 사람이 볼 수 없는 구조였다.

"여기서 납치한 모양이군."

"이상하군요."

"응?"

노형진은 그걸 보면서 눈을 찌푸렸다.

그러자 다른 사람들은 노형진이 왜 그런 표정을 하는지 이해하지 못하겠다는 얼굴이 되었다.

"아니, 뭐가 이상해요? 현장을 찾았으니 이제 범인을 찾는 거야 어렵지 않을 것 같은데."

"현장이야 찾았습니다만……."

노형진은 그곳에 서서 물끄러미 자신이 들어온 골목을 바라보았다. 그리고 천천히 자신이 생각한 것을 이야기했다.

"일단 군인이라고 해도 무조건 사람을 돕지는 않습니다. 건장한 남자가 다짜고짜 도와 달라고 하면 약간은 경계하기 마련이지요."

"네?"

"그게 무슨 말씀이신지?"

"보통 도와 달라고 하는 사람들은 사회적으로 약자일 가능성이 크다는 거죠."

"흠……."

확실히 그렇다.

군인이라고 바보는 아니다. 건장한 사내가 갑자기 도와 달라면서 으슥한 골목으로 이끈다면 의심하기 마련이다.

"즉, 상대방은 그런 의심을 안 받을 만한 약한 사람이라는 뜻이군요."

은소민 경사는 바로 노형진이 이야기하는 것이 뭔지 알아차렸다. 그리고 경찰답게 그 이후에 걱정하는 것도.

"사회적인 약자라는 것은 여성이나 노인, 아이나 장애인인데, 어느 쪽이든 건장한 군인을 제압하는 데에는 한계가 있지요."

아무리 좁은 골목이라고 해도 말이다.

아니, 도리어 좁은 골목이라서 더 그렇다.

일반적으로 도움을 청하는 경우 도움을 청한 사람이 앞서서 가기 마련이다. 갑자기 뒤를 돌아서 공격하게 된다면 마주 보는 형태가 되는데, 약자가 그런 상황에서 싸움을 건다면 이길 수 없다.

"누군가 도와줬다는 뜻인가요?"

"네."

노형진이 도달한 결론은 그것이다.

"더군다나 차량을 가져다 두었다가 사람을 태우고 떠나기 위해서는 한 명으로는 안 됩니다. 상대방이 저항할 것은 당연한 일이니 무력화시킨 후에 트렁크나 차량에 태우겠지요."

현장에 사람이 없는 것과 주변에 사람이 없는 것은 전혀 다르다.

협소한 공간이고 사람이 잘 안 들어오는 공간이기는 하지만, 누군가 소리를 지른다면 들을 수 있는 공간이다.

만일 살려 달라는 비명이 들리면 순식간에 사람들이 몰려올 수 있는 위치.

"즉, 누군가가 한 번에 제압할 수 있는 수단을 가지고 있다는 뜻입니다."

"그게 무슨 뜻인지 아십니까?"

노형진의 말에 무태식의 얼굴이 딱딱하게 굳었다.

"압니다. 그리고 그게 어떤 반향을 불러올지도."

무태식이 심각한 얼굴이 되자 김상엽은 고개를 갸웃했다.

살인범이야 흔하게 존재하는 놈들이 아니던가?

"뭐가 문젠가요?"

"후우, 두 명 이상이라는 거죠."

"두 명 이상?"

"네."

"그게 왜요?"

"지금까지 대한민국에, 연쇄살인범은 가끔 있었지만 두 명 이상이 함께 연쇄살인을 한 적은 없습니다."

"네?"

김상엽은 깜짝 놀랐다. 은소민 역시 어두운 얼굴이 되었다.

"심각한 문제군요."

"으음……."

대한민국에서 유명한 살인범들을 찾아보라고 하면 대부분 단독 범행을 저지른 미친놈들뿐이다.

지금까지 대한민국에서 공식적으로, 두 명 이상이 살인을 목적으로 모여서 체계적으로 살인한 경우는 지존파라는 사건 정도였다. 그건 6명이라는 세계적으로 유례없는 살인을 목표로 한 살인 집단이었으니까.

"하지만 영원히 벌어지지 말라는 법도 없지요."

노형진은 그게 걱정스러웠다.

한국의 경찰은 '살인범=단독범'이라고 생각하는 성향이 강하다. 그래서 대부분 수사를 그 방향으로 한다. 하지만 단독정범과 공동정범은 행동 패턴도 목적도, 전혀 다르다.

"두 명, 어쩌면 세 명 이상의 살인 집단이라……."

노형진의 말에 다들 소름이 돋는다는 얼굴이 되었다.

"살인 집단은 다른 살인범과 다릅니다."

"뭐가요?"

"절대로 멈추지 않는다는 것이 다르지요."

일반적으로 살인범은 여러 가지 이유로 멈추기도 한다.

감옥에 가기도 하고, 때로는 정신적인 이유로 멈추기도 한다.

하지만 살인 집단은 그렇지 않다.

살인 집단은 누구 한 명이 빠져도 계속되며, 끊임없이 세력을 확대한다.

"살인 집단이라니……."

생각지도 못한 결론에 다들 어두운 얼굴로 컴컴한 골목 안쪽을 바라볼 수밖에 없었다.

함정수사

"개소리 말래요."

은소민 경사는 어깨를 으쓱하면서 고개를 흔들었다.

"우리 관할도 아닌데 다른 곳에서 무슨 수사냐고."

"예상은 했습니다. 결국 관할서로 가야 한다는 건데⋯⋯."

노형진은 무태식을 바라보았다.

그러자 무태식은 그 시선의 의미를 알아채고는 고개를 흔들었다.

"미친놈 취급을 하더군요. 한국에 살인 집단이 어디 있느냐면서, 술 좀 작작 먹으랍니다."

"끄응⋯⋯."

하긴, 연쇄살인범도 안 믿는 판국에 살인 집단이라니, 과연 경찰들이 그걸 믿으려고 하겠는가?

"언제나 처음은 있는 법인데……."

지금까지 한국에 살인 집단이 별로 없었다고 해서 앞으로도 생기지 않는다는 법은 없다.

애초에 살인 집단이 없다는 건 붙잡힌 적이 없다는 뜻이지, 100% 진짜로 없었으리라는 보장은 없다.

더군다나 지존파라는 실제 조직도 있었지 않은가?

'시체가 없으면 살인도 없다.'

매년 수많은 실종자가 나오는 대한민국이니 살인 집단이 있다 해도 이상할 것은 없다.

애초에 그런 가능성을 감안하지 않고 오로지 단독범만 추적한다면 살인자 집단은 잡는 게 불가능하다.

당장 사건이 벌어지는 순간에 알리바이가 성립하기 때문이다.

"도대체 경찰들은……."

김상엽 기자는 이를 박박 갈았다.

처음에는 그냥 단순히 건수 하나 건지려고 시작한 일이지만 살인 집단이라니 등골이 오싹해졌던 것이다.

최악의 경우 자신이 그 희생자가 될 수도 있는 것이 현실.

"방법은 한 가지뿐인 것 같군요."

"한 가지?"

"함정을 파는 것 말입니다."

다들 얼굴이 딱딱하게 굳었다.

함정을 판다는 것이 누군가가 피해자가 되어서 그들과 접촉해야 한다는 뜻이라는 걸 모르는 이는 아무도 없었기 때문이다.

"그게 무슨 말씀이십니까? 누군가가 그들에게 잡혀가야 한다는 건가요?"

"네."

자신들이 할 수 있는 것은 없다.

경찰에 신고해 봤지만 경찰은 관심도 가지지 않는다. 증거가 없이 그냥 의심만으로는 그들이 수사해 줄 리 없는 것이다.

"그들은 한 달 간격으로 살인을 할 겁니다. 시기상으로는 이때쯤이겠군요."

"하지만 우리 중에는 그렇게 젊은 사람이 없는데요?"

"적당한 사람이 있지요. 나이도 적당하고요."

"누구 말입니까?"

무태식은 그럴 만한 사람들을 떠올려 보려고 했지만 마땅한 사람이 없었다.

군에 가는 나이는 대부분 20대 초중반. 하지만 사회에 뛰어드는 나이는 대부분 그것보다 많다.

일부 어린 직원도 있기는 하지만 대부분 사무직이다.

"정보 팀 남자 중에서 제일 어린 사람이 서른세 살인데요?"

아무리 그래도 너무 늙은 사람을 군복만 입혀서 보낼 수는 없다.

　그들도 표적을 고르는 눈이 있을 테니까, 나이 많은 사람은 의심할 것이다.

　"바로 저입니다."

　"네?"

　노형진의 말에 움찔하는 사람들.

　"노 변호사님요?"

　"네. 이건 생명이 달린 일입니다. 다른 사람을 보낼 수는 없습니다."

　"그건 말도 안 됩니다."

　"안 되지는 않습니다. 저 나름대로는 동안이라고 생각하는 편입니다만."

　"그거야 그렇지만……."

　노형진의 나이는 20대 중반. 딱 군대에 갔다 올 나이다.

　더군다나 그는 피부가 좋은 편이라 동안으로 보여서 잘만 꾸미면 상당히 젊어 보인다.

　그리고 이번 사건에 대해 잘 알고 있고 이해도 하고 있다. 더군다나 나름 자신을 지키기 위한 방법도 알고 있고.

　"그럼 다른 사람 있습니까?"

　"끄응……."

　무태식은 신음 소리를 낼 수밖에 없었다. 마땅한 인재가 없었기 때문이다.

경찰이라면 도와줄 수 있을지도 모르지만, 경찰은 지금 상황에서는 자신들의 말을 무슨 장난쯤으로 받아들이고 있다.

"대안은 저뿐입니다."

"하지만……."

"충분히 준비한다면 위험하지는 않을 겁니다."

"충분히 준비한다고요?"

"네, 충분히요."

노형진은 사람들에게 계획을 설명하기 시작했다.

"신호 상태는 어떻습니까?"

"좋습니다."

모니터를 보면서 고문학은 엄지를 올렸다.

"녹음 상태는?"

"잘 들립니다. 깨끗하네요."

"모든 준비가 끝난 것 같군요."

소위 국방색이라고 하는 얼룩 무늬 군복을 입은 노형진은 이상한 얼굴로 거울 속 자신을 바라봤다.

"어색하다."

"응?"

손채림은 그런 노형진을 보면서 왠지 안쓰러운 얼굴이었다.

"너 군복 입은 거 처음 보는 것 같다."

"그런가?"

"그래. 그런데 꼭 네가 해야겠어?"

"다른 사람이 없잖아. 네가 할 수 있는 것도 아니고."

"그거야 그렇지만."

노형진은 피식 웃으면서 다시 한 번 복장을 확인했다.

"걱정하지 마. 안전하게 준비했으니까."

"차라리 그냥 현장에서 잡으면 안 돼?"

"안 돼. 그러면 잔당이 남아."

"그게 뭐 어때서? 나중에 그 녀석이 말할 수도 있잖아?"

"안 할 수도 있어. 그리고 작은 희망에 기대서 대충 하면 상황이 극단적으로 변할 수도 있어. 이런 범죄 조직들은 보통 내부 규칙이 있으니까."

일반적으로 이러한 집단들에는 리더, 즉 지도자가 있다.

그리고 그러한 리더는 자신이 통제하는 추종자들을 이끌고 범죄를 저지른다. 대부분의 경우 일선에 나서는 것은 추종자들이며, 리더는 그 뒤에 숨는다.

"만일 우리가 바로 덮치면 리더는 놓치게 될 거야."

물론 손채림의 말대로 그 녀석을 취조하면 리더에 대해 알아내게 될 수도 있다. 하지만 그걸 리더 녀석이 모를 리 없다.

"리더가 살아 있으면 그 녀석은 또 다른 추종자를 모아서 똑같은 범죄를 저지를 거야. 설사 그러지 않는다고 해도, 극단적 무차별 살인으로 돌변할 수도 있고."

당장 한 달에 한 번 벌어지던 살인이 일주일에 한 번이나 이틀에 한 번씩 벌어지게 될 수도 있다.

"설마."

"설마가 아니야. 우리 예상대로라면 피해자가 백 명 가까이 된다고."

"그 추종자라는 녀석들도 생각이 있을 거 아니야?"

"아니, 전혀 없어."

"뭐라고?"

"애석하게도 세상에는 노예근성을 가진 사람이 존재하거든."

"그게 무슨 소리야?"

"추종자들은 생각을 안 해. 생각하는 걸 두려워하지. 그들은 기댈 뿐이야. 그리고 리더 타입은 그런 녀석들을 귀신같이 알아채."

그들이 처음부터 살인자인 것은 아니다.

정확하게 말하면 살인자는 리더뿐이고, 추종자는 말 그대로 추종할 뿐이다.

가령 특정 집단들, 즉 정치 집단이나 종교 집단, 기업 등에 맹목적으로 헌신하는 사람들이 있다. 또는 누군가 개인에게 맹목적으로 충성을 바친다.

그런 사람들은 성향이 추종자다.

그들은 절대로 나서지 않는다. 그저 따라갈 뿐이다.

"설마……."

"설마가 아니야."

노형진의 표현을 빌리자면 그들은 심리적으로 노예이기를 원한다. 그래서 자신들이 추종하는 자가 시키는 대로 할 뿐이다.

"애초에 스스로 말할 수 있는 의지가 있다면 수년간 살인이 벌어지는데 왜 신고하지 않았겠어?"

"……."

"추종자 성향을 가진 사람들은 절대로 리더에게 저항하지 않아."

그리고 리더는 그런 녀석들을 이용해서 욕심을 채운다.

"무차별 살인을 막기 위해서라도 어떻게 해서든 한 번에 소탕해야 해."

"후우, 알았어."

손채림은 노형진의 말에 수긍할 수밖에 없었다.

그의 말대로 무차별 살인으로 넘어가면 피해자가 순식간에 배가될 수도 있기 때문이다.

'경찰이 그 녀석을 잡는 데에는 한계가 있어.'

추종자를 잡는 순간 리더는 지역의 모든 기반을 버리고 다른 지역으로 갈 것이다.

이름과 나이, 주소 등을 알아낼 수는 있겠지만 아예 기반 지역을 버리고 가면 그 녀석을 추적하는 게 쉽지 않다.

게다가 통장 정도는 막을 수 있겠지만 그런 녀석들은 추종자를 고르는 능력이 뛰어나다. 그러니 다른 추종자를 만들어서 그 녀석의 돈을 쓰면 방법이 없다.

"걱정하지 마. 모든 준비는 다 해 놨으니까."

노형진은 상병 마크가 박혀 있는 모자를 쓰고 심호흡을 했다.

"잊지 마세요. 2킬로미터입니다."

바깥으로 나가는 노형진을 보면서 고문학은 걱정스럽게 말했다.

"신호기는 2킬로미터까지만 작동됩니다. 만일 비상사태가 벌어지면 전화기를 쓰세요."

"네. 그나저나 이런 전화기가 있을 줄은 생각도 못 했습니다."

노형진은 감춰진 전화기를 생각하고는 피식 웃었다.

"스마트폰이 전부가 아니죠, 후후후."

고문학의 미소를 뒤로하고 바깥으로 나온 노형진은 천천히 터미널로 향했다.

'군인의 숫자는 적당하군.'

군인들이 너무 많으면 그중 하나를 고르는 게 쉽지 않다. 그러니 적당한 숫자가 있는 시기를 고를 것이다.

'시간은……'

실종된 사람들의 자대 위치와 기타 여러 가지를 분석한 결과, 시간은 대략적으로 11시쯤이었다.

그 이후에는 복귀에 쫓기는 군인들이 도와줄 여력이 없기 때문이다.

'하지만 11시쯤이면.'

그런 사람들은 일찍 출발하는 사람들이고 시간에도 여유가 있다. 그리고 혼자서 복귀하는 경우가 많다.

'후우.'

노형진은 적당히 주변을 보면서 계속 걸어 다녔다. 누가 봐도 어리어리한 군인이구나 할 정도로 말이다.

몇몇 군인들은 그런 노형진을 무심하게 바라볼 뿐이었다. 그나마 같은 마크를 가지고 있는 사람들만 말이다.

대부분의 사람들은 노형진에게 관심도 없었다.

'혼자 움직이고, 일찍 출발하며, 선해 보이는 인상.'

그게 피해자들의 공통점이다.

그리고 이 시간에 몇몇 군인들이 그런 형태를 보이고 있었다.

"어떻습니까?"

노형진은 감춰진 마이크로 작게 물었다.

자신만 대기할 수 없어서 여기에는 수많은 정보 팀원들이 손님처럼 숨어 있었다.

―군인들을 살피고 있는데 그다지 특이한 동향은 보이지 않습니다. 아무래도 휴가철이 아니니까요.

"하긴, 지금은 동계 훈련 기간이니까요"

동계 훈련 기간, 속칭 혹한기 기간이다 보니 휴가를 내보내는 숫자가 줄어들 수밖에 없다.

이것이 법이다

그리고 나온 사람들은 대부분 병장급이었다. 그들은 느긋하게 말년 휴가를 즐기고 있는 것이다.

"짐이 많거나 약해 보이는 사람을 주시하세요. 젊은 여자는 아닐 겁니다."

─네? 왜요?

"젊은 여자가 짐을 들고 도와 달라고 하는 것은 왠지 이상하니까요. 시선이 갈 겁니다. 응당 그럴 만한 약한 사람일 겁니다."

─복잡하군요.

"복잡하지요."

노형진은 그렇게 터미널을 두 시간쯤 돌았다. 그의 마음은 다급해지고 있었다.

'안 나타나면 안 되는데.'

너무 오래 터미널에 대기하고 있으면 자신의 신분을 의심할 수도 있다. 그러면 자신이 아닌 다른 사람을 데리고 갈 수도 있다.

직원들이 다른 군인들을 주시하고 있다고 하지만, 군인들을 모두 지켜볼 수는 없는 노릇.

'오늘은 일단 철수해야 하나.'

사람들이 자신의 얼굴을 익히기 전에 일단은 철수해야 하나 생각하는 그때였다.

"이보게, 젊은이."

"네?"

"미안한데 이것 좀 도와주겠나?"

노형진은 정신이 번쩍 들어 고개를 돌렸다.

나이 먹은 노인 한 명이 빠진 이를 드러내면서 웃고 있었다.

"네?"

"이게 짐이 너무 무거워서 말이야, 차에 가지고 가야 하는데……."

노형진은 직감적으로 그가 자신들이 찾던 녀석이라는 사실을 알았다.

'빠진 이, 후줄근한 옷이라…….'

전형적인 약자로, 절대로 의심받지 않을 구색을 갖추고 있다.

더군다나 척 봐도 나이가 팔십은 되어 보이는 노인을 누가 의심하겠는가? 거기에다가 한 손에는 지팡이까지 짚고 있다.

"짐요?"

"그래. 이 호박을 가지고 가야 하는데 무거워서 말이지."

보자기에 담겨 있는 커다란 호박.

그건 건장한 사람이 들기에도 제법 무거워 보였다.

"뭐, 원하신다면야."

노형진이 약속어를 말하자 주변의 공기가 차갑게 얼어붙었다.

'지금은 호박이 나오는 시점이 아니지.'

그런데 호박을 들고 왔다? 그건 말도 안 된다.

물론 어찌어찌 올 수도 있다.

하지만 차에 실어야 한다는 것은 차가 있다는 건데, 그렇다면 노인을 도와줄 다른 운전자가 있어야 한다. 그런데 그런 사람은 주변에 보이지 않았다.

'걸렸구나.'

노형진은 애써 침착하게 호박을 짊어졌다.

"이거 제법 무겁네요."

"고맙네."

히죽 웃는 노인.

노형진은 자연스럽게 그를 따라나섰다.

"어디로 가면 되나요?"

"저쪽에 차가 있네. 거기까지만 가져다주면 돼."

노형진 앞에서 휘적휘적 걸음을 옮기는 노인.

노형진은 그 발걸음을 보면서 히죽 웃었다.

'멀쩡하구먼.'

지팡이를 쓰는 사람은 나름의 몸놀림이 있다. 그런데 그는 지팡이를 쓰는 게 무척이나 어색했다.

즉, 평소에는 지팡이를 들고 다니지 않는다는 소리다.

"먼저 가세요."

"고마우이, 젊은이."

지팡이를 짚고 걸어가는 노인의 느린 발걸음에 맞춰 천천히 따라가는 노형진.

아니나 다를까, 노인은 그를 데리고 예상했던 그 골목으로
향하고 있었다.

"여기인가요?"

"그래. 저 앞에 차가 있다네."

"네."

골목의 끝에 보이는 주차장.

그러니 대부분의 군인들은 그다지 의심하지 않았을 것이
다. 뻔하게 주차장이 보이니까.

"고마우이."

노형진이 따라오는 것을 확인한 노인은 천천히 앞으로 갔다.

그리고 어느 정도 안으로 들어갔을 때, 누군가가 반대쪽에
서 나타났다.

"실례합니다."

젊은 여자였다.

그녀는 뭔가 바쁜 일이 있는 듯 이쪽으로 오다가 노형진을
피해서 옆으로 비껴갔다.

'이런, 다른 사람이 있으면 범인이 안 나타날 텐데.'

노형진은 그렇게 생각하면서 몸을 돌려 마주 피해 주었다.
그래야 빨리 지나갈 수 있기 때문이다.

그렇게 그녀가 지나가자 다시 앞으로 향하는 노인.

"저기 보이지?"

"네."

"저기에 두면 된다네."

"거의 다 왔……."

그 순간 목에서 느껴지는 따끔한 느낌.

노형진은 아차 하는 생각에 재빨리 호박을 던지고 몸을 돌리려고 했지만 이미 몸은 무서울 정도로 느려지고 있었다.

"이게 무슨……."

노형진은 말을 하려고 하고 있지만 몸은 이미 마비되고 있었다.

순식간에 얼굴이 바닥에 처박혔다.

그리고 흐려지는 그의 눈에 보이는 갈색 하이힐.

'당했다.'

설마 추종자 중에 여자가 있을 거라 생각하지 못한 노형진은 그대로 무너졌다.

⚖

"당장 가서 잡아야죠!"

"아직 안 됩니다. 저 녀석들이 다인지 확실하지 않아요."

손채림은 당장이라도 가서 노형진을 구하자고 난리를 피웠지만 무태식은 진중하게 말하면서 말렸다.

"저런 자들은 쉽게 꼬리를 내밀지 않습니다."

"하지만 남자가 노형진을 트렁크에 집어넣었잖아요!"

몰래 감추어 둔 카메라. 그 카메라에는 모든 장면이 찍히고 있었다.

"그래서 더 조심해야 합니다. 우리는 추종자가 한 명이라 생각했습니다. 하지만 벌써 두 명이나 나타났어요. 얼마나 더 있는지 알 수가 없습니다."

"하지만……."

"걱정하지 마세요. 노 변호사 아직 살아 있습니다."

원격 측정기에서는 노형진의 심장 신호가 꾸준하게 나오고 있었다.

"뭔지 모르지만 마취제 계열인 듯하군요."

"……."

"이해합니다. 하지만 확실하게 해야 합니다. 아무리 시간이 지났다고 하지만 무려 100구에 가까운 시체를 처리한 놈들입니다. 본거지를 찾아야 해요."

만일 자신들의 생각보다 더 체계적으로 완성된 곳이라면 어떻게 해서든 막아야 한다.

"노 변호사도 다 알고 한 겁니다. 충분히 준비했고요."

"하아."

"걱정하지 마세요. 이미 차량이 따라가고 있으니까요."

무태식은 불안한 마음을 진정시키면서 입술을 깨물었다.

손채림만큼이나, 그 역시 불안하기는 마찬가지였던 것이다.

"잘될 겁니다."

그는 그 말을 마치 주문처럼 계속 중얼거렸다.

⚖️

"으으으……."

노형진은 힘겹게 눈을 떴다.

무거운 눈꺼풀. 그리고 나른한 몸. 그냥 자고 싶은 느낌.

'전신마취인가.'

이런 느낌을 받은 적이 있었다.

전신마취를 한 후 깨어났을 때 딱 이런 느낌이었다.

"으우……."

어떻게 해서든 그 느낌에서 벗어나기 위해 몸에 힘을 주는 그 순간 뭔가가 노형진의 배로 날아들었다.

퍽.

"쿨럭."

그 순간 숨이 틱 막히면서 몸이 반사적으로 굽혔다.

"망할 새끼."

차가운 여자의 목소리.

노형진은 어떻게 해서든 고개를 들어서 그쪽을 바라보려고 했다. 하지만 연이어 날아들어 오는 발길질에 저항할 수가 없었다.

"끄윽……."

"이 개 같은 새끼."

또다시 날아온 욕설. 누군가 상당한 원한을 가진 듯했다.

하지만 그 발길질 덕분에 정신은 더 또렷해졌다.

고통 때문에 정신이 약물을 이기기 시작한 것이다.

"읍읍?"

누구냐고 물어보고 싶었지만 입에서 나오는 것은 읍읍거리는 소리뿐.

그리고 그제야 노형진은 자신이 묶여 있다는 사실을 알았다. 손과 발은 케이블 타이로 묶여 있고 입에는 재갈이 물려있었다.

"읍읍!"

"입 닥쳐, 이 군바리 새끼야! 군바리 냄새 나니까!"

차가운 여자의 목소리.

하지만 고개를 들 수가 없어서 그 여자의 얼굴을 볼 수는 없었다.

그러나 좀 떨어진 곳에 있는 두 사람은 볼 수 있었다.

자신을 유인했던 노인과, 자신을 지나갔던 그 여자였다.

"선생님…… 저기…….."

"뭐! 왜!"

"아…… 아닙니다, 선생님."

노인은 뭔가 원하는 것이 있는 듯, 말을 하려다가 입을 다물었다.

그리고 여자는 뭔가 알아차린 듯 피식하고 비웃음으로 가득한 말을 던졌다.

"그렇지, 너희 같은 버러지 녀석들이 원하는 게 다 그렇지."

그러면서 몸을 돌려서 나가는 여자.

노형진에게 보인 것은 그 여자의 뒷모습뿐이었다.

"문 잠가 두고, 따라와."

"네, 선생님."

노형진을 힐끗 바라본 두사람은 지체 없이 그녀를 따라나섰고, 홀로 남은 노형진은 주변을 둘러봤다.

"으으으……."

사방이 회색의 차가운 벽이었다. 창문도 없고, 완전히 막혀 있는 공간.

"크으……."

조금씩 기운이 돌아오자 몸을 바로 하는 노형진.

그는 천장을 바라보았다. 천장에는 백열등 하나만이 덜렁 걸려 있었다.

"끄응…… 죽겠구먼."

노형진은 얼굴을 찡그리고 몸을 비틀었다. 묶여 있어서 더이상은 아무것도 할 수가 없었지만 말이다.

"들립니까? 들려요?"

몸 안에 감춰 둔 작은 마이크로 말을 했지만 반응이 없었다.

이어폰은 멀쩡했지만 아무래도 통신이 안 되는 모양이었다.

"다행히 몸수색은 안 한 모양이네."

노형진은 자신의 몸을 이리저리 더듬어 봤다. 그리고 한숨을 쉬었다.

예상대로 남은 게 없었다. 주머니에 있던 핸드폰도, 지갑도 남아 있지 않았다.

"끄응……."

노형진은 몸에서 약 기운이 사라지기를 기다리면서 지금의 상황을 정리했다.

자신은 분명 노인을 따라가다가 뒤에서 기습을 받았다. 그리고 그 후에 누군가에 의해 강제로 트렁크에 던져졌다.

그 후의 기억은 없다.

"최소 네 명인가."

적지 않은 수다.

아무리 그라도 해도 상대하기 까다롭다.

특히나 마지막에 자신을 트렁크에 태운 녀석은 남자다. 그것도 상당한 덩치를 자랑하는.

그러니 그 녀석과 싸우는 건 영 무리다.

"일단은…… 이것부터 풀어야 하나."

뭘 하려는지 모르지만 노형진은 여기에 조용히 잡혀 있을 생각이 없었다.

핸드폰이 안 터지는 지점인지 아니면 콘크리트 벽 때문에 안 터지는지 알 수는 없지만, 그냥 있다가 당할 수는 없는 노릇.

"그나마 군사훈련을 안 받은 놈들이라서 다행이네."

사람을 묶어 둘 때는 절대로 손을 앞으로 해서 묶어 두어서는 안 된다. 그러면 일견 묶여 있는 것 같지만 자유롭기 때문이다.

딸깍.

군화의 뒷굽을 당기자 작은 칼이 그곳에서 나왔다. 노형진은 그걸 가지고 자신을 묶어 둔 케이블 타이를 끊어 버렸다.

그 후에 반대쪽 뒷굽을 당기자 그 안에서는 작은 핸드폰이 나왔다.

"이게 아직도 있는 줄은 몰랐는데."

나온 지 벌써 20년이 넘은 초소형 핸드폰.

핸드폰이 극단적으로 소형화될 때 잠깐 나왔던 모델인데, 너무 작아서 도리어 망했다. 그나마 아직도 2G이다.

노형진은 그걸로 전화를 걸었다.

하지면 역시나 전화가 되지 않았다.

"이 벽이 문제인가 보군."

2G는 전국적으로 이미 통신망이 완성되어 있다. 그런데 안 터진다면 다른 이유, 즉 이 벽이 문제라는 뜻이다.

"일단 나가야 하나……."

그냥 마냥 기다릴 수는 없다.

새론에서 노형진을 제대로 추적해 오는지도 알 수가 없고 위치를 아는지도 알 수가 없다.

저들이 자신을 언제 죽이려고 할지 알 수 없으니 무작정 넋 놓고 기다릴 수는 없는 노릇.

"일단은 자력으로 나가는 수밖에 없겠군."

노형진은 주변을 둘러보았다.

아무것도 없는 곳이라 싸울 만한 물건도 없었다.

그리고 벽에 있는 흔적들.

아마도 먼저 잡혀 왔던 사람들이 탈출하기 위해 노력한 흔적이리라.

"바로 죽이지는 않는다는 뜻이군."

아까 노형진을 발로 차면서 여자가 퍼부어 대던 욕설을 떠올려 보건대, 군인에게 무슨 원한이 있는 듯했다.

누군지 모르지만, 궁극적인 목적이 상대방을 괴롭히는 것이라면 상당한 기간 동안 살려 둔다는 뜻이기도 하다.

거기까지 생각이 미치자 노형진은 고개를 문으로 돌렸다. 그리고 아래쪽을 바라보았다.

"배식구가 없군."

배식구가 없다는 것은 밥을 아예 안 주거나 직접 들어온다는 뜻이다.

구석에 놓여 있는 플라스틱 양동이를 봐서는 아마도 직접 들어오는 모양이다. 그게 일종의 변기인 모양이니까.

"그렇다면 방법이 있지."

노형진은 일단 자신의 윗도리를 벗어서 칼로 길게 잘랐다.

군복은 옷감 자체가 상당히 질긴 원단을 사용한다. 그래서 이렇게 자를 경우 훌륭한 끈 대용이 된다.

특히 아랫단 같은 경우는 마감을 위해 두껍게 하기 때문에 더 탄탄하다.

끈을 만들어 낸 노형진은 벨트를 풀어서 위에 매달린 전구 쪽으로 휘둘렀다. 높은 곳에 있지만 벨트에 있는 버클로 때리면 쉽게 부술 수 있기 때문이다.

그렇게 몇 번의 시도 끝에 전구가 깨지자, 완벽한 어둠이 찾아왔다.

"후우."

노형진은 그 어둠 속에서 자신이 만든 끈을 손에 감고 심호흡을 했다.

상대방이 언제 올지 모르지만 그때까지 가능하면 몸을 정상으로 만들기 위해서였다.

그렇게 문 뒤쪽에 앉아서 얼마나 기다렸을까?

철컥.

문이 덜그럭거리는 소리에 노형진은 정신이 번쩍 들었다.

'들어오는군.'

분명히 누군가 들어오려고 하는 것이다.

잠시 후 철컥하는 소리와 함께 문이 열렸다. 그리고 누군가가 들어오려다가 멈칫했다.

"불이 왜 이래?"

남자의 걸죽한 목소리.

분명 바깥에서 불을 켰는데 문을 열고 보니 온통 깜깜한 것이다.

"전구가 나갔나?"

그는 바깥에 있는 스위치를 확인하기 위해 몸을 돌렸다.

그의 두 손에는 노형진에게 주기 위한 식판이 놓여 있었다. 당연히 목은 무방비였다.

"커억!"

노형진은 그런 그에게 달려들어서 목에 끈을 걸었다.

"끄륵!"

벗어나기 위해 아등바등 몸부림치는 남자.

하지만 그럴수록 끈은 더욱 강하게 조여들었고, 노형진은 죽자 살자 그에게 매달렸다.

"끄르륵……."

잠시 후 침을 흘리면서 풀린 눈동자로 풀썩 쓰러지는 남자.

노형진은 헉헉거리면서 줄을 풀고 그에게 다가가 살폈다.

"살았군, 후우."

탈출을 하고 싶은 거지 살인을 하고 싶은 건 아니었기 때문에 노형진은 그의 목에 손을 대고는 안도의 한숨을 내쉬었다. 그리고 천천히 그곳을 나오기 시작했다.

그다지 길지 않은 복도를 지나서 천장으로 나 있는 계단을 올라가자 거기에는 위로 열리는 형식의 문이 달려 있었다.

노형진은 그걸 열고 바깥으로 나갔다.

"우윽……."

그 순간 강렬한 빛이 노형진의 눈을 자극했다.

상당한 시간을 어둠 속에 있었기 때문에 그 빛은 따가울
정도였다.

"크으……."

노형진은 그 상황에서도 적응하려고 노력하면서 핸드폰을
꺼내 들었다. 그리고 바로 전화를 걸었다. 탈출도 중요하지
만 지원이 있으면 탈출이 더욱 빨라지기 때문이다.

띠리링.

전화기 너머에서 들리는 대기음.

채 세 번도 울리기 전에 누군가 다급하게 전화를 받는 소
리가 들렸다.

"여보세요?"

―여보세요는 무슨 여보세요야!

"그러면 여보라고 할까?"

―지금 농담이 나와? 너 괜찮은 거야?

"농담이 나오니까 하지. 난 멀쩡해. 범인 중 한 명은 그렇
지 않은 것 같지만. 그런데 다들 어디야? 여기는 어디고?"

―사유지로 들어갔어.

"사유지?"

―그래.

기다리고 있던 손채림은 안도의 한숨을 내쉬면서 노형진의 상황을 설명했다.

　-도로까지는 잘 따라갔는데…….

　가는 건 문제가 없었다. 추적 장치도 잘 작동되고 있어 따라가는 데 문제는 없었다.

　그들은 노형진을 태우고 시골로 향했고, 정보 팀과 경호팀은 완전무장을 하고 그들을 따라갔다.

　그런데 그러던 와중에 사유지로 들어간 것은 전혀 예상하지 못한 일이었다.

　"흠……."

　노형진은 얼굴을 찌푸렸다.

　"그게 무슨 말이야?"

　-말 그대로 사유지야.

　"대저택이라도 된다는 거야?"

　-저택은 아니야. 하지만 산속으로 들어가는 통로가 오로지 하나뿐이야. 그 녀석들은 그걸 열고 들어갔고. 문에 자물쇠랑 전자 도어 록까지 달려 있어서 따라 들어갈 수가 없었어.

　"그래?"

　노형진은 얼굴을 찌푸렸다.

　사유지가 있다는 것은 상대방이 상당한 부를 가지고 있다는 뜻이기 때문이다.

　"내가 있는 정확한 위치는 알아?"

-알 리가 있냐고, 이 멍청아! 무전기도 안 되는데 추적 장치가 되겠어?

"하긴."

무전기와 추적 장치의 힘으로는 이 콘크리트 벽을 뚫는 데에 한계가 있었을 것이다.

핸드폰도 안 터지는데 그게 터지겠는가?

"소유주는 누구야?"

-지금 그게 중요해?

"중요하지. 설마 누군지 조사 안 해 놨을 리는 없고."

-남궁미자라는 여자야. 강남에 커다란 병원을 하고 있고.

"병원?"

-그래.

그러면 모든 게 이해가 간다.

병원을 하고 있으니 환자 중에 노인도 있을 것이다. 그리고 젊은 여자는 아마도 간호사와 같은, 거기서 일하는 사람들 중 한 명일 것이다.

일하는 사람이니 그 성향을 알아내는 게 어렵지 않았겠지.

그리고 사유지라면 시체 좀 묻는다고 해도 누가 알아낼 수 있는 게 아니니까.

-당장 쳐들어가려고 했단 말이야.

"경찰을 불러. 그게 목적이잖아."

자신이 잡혀 온 이유가 뭔가? 확실한 증거를 만들기 위해서다.

경찰에 신고하면 경찰이 들이닥칠 테고, 그러면 그들은 빼도 박도 못할 것이다.

－그러려고 했는데 남편이 문제야.

"남편?"

－남편이 경찰서장이야.

그 말에 노형진은 얼굴을 와락 찡그렸다.

물론 남편이 이런 미친 짓을 그냥 모른 척했을 리는 없다.

하지만 그렇다고 해도 남편이니, 이 모든 사실을 먼저 들을 수밖에 없다.

"당장 난리를 치겠군."

－그래.

손채림이 신고하면 당연히 그 남편에게 보고가 갈 테고, 남편은 당장 와이프에게 전화해서 어찌 된 것이냐고 다그칠 것이다.

아내는 당연히 모든 증거를 인멸할 테고 그럼 그중에는 자신도 포함될 것이다.

－네가 살아 있는지 확실하지 않은 상황에서 섣불리 신고할 수 없었어.

"끙, 그나마 다행인 건 내가 탈출했다는 건데."

－그래?

"그래. 경찰 불러도 돼."

―하지만 마땅한 증거가 없어.

"납치 영상은?"

―그 땅 주인이 납치한 게 아니잖아?

확실히 그렇다.

물론 자신들이 추적하기는 했지만 그것만으로 경찰이 들어올 리 없다.

"영장이 문제군."

신고하면 경찰이 출동은 할 것이다.

그러나 사유지인 만큼 들어가지 않을 것이다. 그리고 영장을 신청할 테고.

'그리고 나올 때쯤이면 증거는 인멸되었을 테지.'

그곳은 확실하게 정리되어 있었다. 무슨 시신이 있는 것도 아니고 말이다.

물론 자신이 있기는 하지만 그건 어디까지나 납치일 뿐, 살인이 아니다.

그들이 저항하기 전에 경찰이 들어와야 한다.

"그러면……."

노형진은 문득 좋은 생각이 났다.

"부수고 들어와."

―뭐?

"부수고 들어오라고. 그런 문이라면 아마도 보안 업체와 연결되어 있을 거야."

-잠깐만. 문을 찍은 게…… 확실히……. 그래, 보안 업체랑 연결되어 있네.

문에 붙어 있는 보안 업체의 이름을 보고 손채림은 노형진의 계획이 틀린 것은 아니라는 사실을 알아차렸다.

"문을 부수는 순간 보안 업체는 경찰에 알릴 테고 경찰은 출동할 거야. 그건 신고가 아니라 긴급 출동이니까 남편에게 연락이 가지 않지."

-아!

남편이 모르면 당연히 사건을 덮을 기회도 없다.

"우리는 그사이에 증거를 찾는 거야."

-하지만 불법적으로 얻은 증거는 효과가 없는 거 아냐?

"불법을 저지른 건 우리지, 경찰이 아니야."

경찰은 합법적으로 신고를 받고 들어와서 살인의 증거를 찾을 수 있는 것이다.

자신들이 불법 침입으로 처벌받을 수도 있지만, 이 경우 자신이 납치되는 장면이 찍혀 있기 때문에 긴급피난으로 인정되어 위법성이 조각된다.

즉, 처벌 대상이 아니라는 것이다.

"그러니까……."

노형진이 설명하려는 그때였다.

저 멀리에서 다른 사람들이 다급하게 뛰어가는 것이 보였다.

'빌어먹을.'

아마도 자신에게 밥을 주러 온 녀석이 돌아오지 않자 확인 차 왔다가 상황을 보고는 그걸 말하러 가는 모양이었다.

"당장 들어와. 녀석들이 알아차렸어."

―뭐?

"지금 시간이 없어. 녀석들이 지금 알아차렸어. 전화기는 일단 통화 상태로 두고 계속 녹음하고 있어."

노형진은 전화기를 주머니에 쑤셔 넣고는 숲속으로 뛰기 시작했다.

다행히 사유지라고 하지만 뒤쪽은 그냥 산이라서 숨을 곳은 많아 보였다.

"빨리 그 녀석을 찾아!"

찢어지는 듯한 고함 소리. 그리고 다급하게 올라오는 사람들.

'네 명이군. 아니, 세 명인가.'

얼굴을 볼 수는 없지만 자신을 발로 찼던 여자와 똑같은 복장을 한 여자가 화를 내는 것이 보였다.

하지만 움직일 생각은 하지 않는 것을 보니 이곳에 올라오지는 않을 듯했다.

'그러면 위협이 되는 사람은 한 명뿐이다.'

한 명은 여자이고 한 명은 노인이다.

위협이 되는 사람은 남자 한 명뿐.

그러나 어찌어찌 정신을 차려서 나오기는 한 모양인데 아직도 몸이 정상이 아닌지 휘청거리는 것이 보였다.

"빨리 찾아!"

"사모님, 하지만……."

그들은 당황했다. 지금까지 이런 일이 없었기 때문이다.

그곳에서 탈출한 녀석은 처음이었다.

그리고 일대일로 싸웠을 때 누구도 노형진을 이기지 못한다는 것을 알고 있었다.

"이런 멍청한 것들."

결국 건물 안으로 들어갔다 나오는 여자. 그녀가 들고 나온 것을 본 노형진은 침을 꿀꺽 삼켜야 했다.

"총?"

그녀의 손에 들린 것은 다름 아닌 엽총이었다.

사냥용 엽총.

그건 상당히 위험한 물건이다. 멧돼지도 픽픽 쓰러트리는 놈이 사람을 못 잡겠는가?

"들고 따라와!"

노형진은 그걸 보고 뒤도 안 돌아보고 달리기 시작했다.

일대일로 싸워서 이길 수 있다는 것도 어디까지나 맨몸 기준인 거지, 총이 끼면 이야기는 달라진다.

"조심해서 들어와! 총이 있어!"

노형진은 산을 뛰어올라 가면서 외쳤다. 주머니에 켜 둔 핸드폰으로 자신이 목소리가 들리기를 바라면서.

그런데 그게 실수였다.

애앵!

"이건?"

자신이 뛰어가는 쪽에서 들리는 사이렌.

노형진은 순간 기겁하면서 고개를 돌렸다가 얼굴을 와락 일그러뜨렸다.

"씨발."

나무에 잘 안 보이게 걸려 있는 자외선 보안장치. 그리고 그것과 연결된 스피커에서 나오는 사이렌 소리.

"저쪽이다!"

등 뒤에서 들리는 소리에 노형진은 전력을 다해서 뛰기 시작했다.

"미친놈들."

생각해 보면 입구에 전자 도어 록까지 달아 둔 녀석들이 숲 쪽으로 오는 것에 대비하지 않았을 리 없다.

어찌 보면 어쭙잖은 담장보다 이게 더 확실한 방법일지도 모른다.

이런 곳에 설치하는 담장은 철조망 정도이고, 그걸 뚫고 들어오는 건 어려운 일이 아니니까.

탕!

날카로운 총성이 들리더니 옆에 있는 나무에서 팍 하고 조각이 튀었다.

"이런 젠장!"

거리가 좀 있다고 해도 안심할 수가 없었다.

"망할!"

총을 쏜 남자는 얼굴을 찌푸리고는 계속 노형진을 따라왔다.

"이 멍청한 새끼야! 그것도 못 맞혀!"

따라오는 여자는 길길이 화를 냈지만 남자는 아무런 말도 하지 않았다.

"저 멍청이한테 총을 줘!"

그 말에 옆에 있던 노인이 남자에게 장전된 총을 건네주자 다음 순간 노형진의 옆에 있는 바위에서 불똥이 팍 하고 튀었다.

"아오, 등신들!"

그사이 노형진은 숲으로 들어가는 데 성공했고, 그런 노형진을 따라서 그들 역시 서둘러서 숲으로 다가왔다.

"헉헉, 저거 미친 거 아냐?"

아무리 사람이 없는 사유지라고 하지만 총이라니.

사실 누가 저 총소리를 듣고 와 주면 좋겠지만, 애석하게도 지금은 멧돼지 사냥철이다. 그러니 이런 산에서 흔하게 총소리가 들릴 테고 신고가 들어갈 가능성도 낮다.

설혹 신고가 들어가도, 멧돼지 사냥 중이라고 하면 그만이고.

"거기 서라!"

남자는 거칠게 소리를 지르면서 따라왔다.

노형진은 맞서 싸울까 생각도 해 봤지만 뒤에서 따라오는 세 사람이 문제였다.

시간을 끌면 그들이 끼어들 텐데, 아무리 노형진이라고 해도 그들을 동시에 상대할 수는 없었다.

탕!

다시 날아온 총알.

"크윽!"

노형진은 옆구리에서 느껴지는 충격에 앞으로 고꾸라졌다. 그리고 그대로 비탈을 따라서 굴러떨어졌다.

"끄르르륵······."

노형진은 일어나려고 했지만 수십 미터를 굴러떨어졌기 때문에 움직일 수가 없었다.

"이 쌍놈의 새끼."

"컥!"

노형진에게 다가와서 발로 차 몸을 뒤집은 여자는 그대로 그의 목을 밟았다.

"사람을 귀찮게 하네, 이 미친 새끼가."

"미친년."

"입 닥쳐! 이 더러운 군바리 새끼야!"

그녀는 옆에 있던 여자 추종자의 총을 빼앗아서는 노형진의 머리에 대고는 히죽 웃었다.

"그러고 보니 총을 써 보는 건 또 처음이네. 기분이 어때? 내가 이걸 당기면 말이야, 네놈 머리에서 뇌수가 쏟아질 거야. 기대되지 않아?"

"미친년."

"미친 건 군인들이지. 자기들이 뭐라고 생각하는 거야? 결국 나라에서 기르는 개잖아? 그런데 고작 그런 자식들이 날 무시해?"

무슨 일인지는 모르지만 그녀는 군인에게 상당한 원한을 가지고 있는 모양이었다. 그리고 그걸 살인으로 풀었고 말이다.

"살려 달라고 비는 꼴을 못 봐서 아쉽기는 하지만, 그래도 이것도 나쁘지 않은 느낌이려나?"

머리에 총을 대고 천천히 방아쇠를 당기는 여자.

'빌어먹을.'

노형진은 눈을 질끈 감았다. 아무래도 이번에는 벗어날 방법이 없어 보였기 때문이다.

그다음 순간, 기적이 일어났다.

"꼼짝 마! 손들어!"

등 뒤에서 들리는 목소리에 범인들은 그쪽을 바라보았다. 그리고 얼굴을 찌푸렸다.

사람들이 총을 들고 자신들을 노려보고 있었다.

"어, 어떻게……."

여자는 당황해서 말을 더듬었다.

어느 틈엔가 수십 명의 사람들이 자신을 포위하고 있었던 것이다.

"우리도 총이 있다고!"

"그래? 그런데 우리는 숫자가 더 많은데?"

고문학은 총을 조준한 채로 말했다.

"큭."

맞는 말이다.

아까 노형진을 따라오면서 세 발을 쐈고, 남은 것은 여자가 들고 있는 하나뿐이다.

물론 총알이 있기는 하지만 엽총은 자동 장전이 아니라 수동으로 해야 하는 볼트 액션 타입이다.

즉, 노리쇠를 직접 수동으로 당겨야 한다는 뜻이다.

문제는 그걸 그냥 상대방이 놔둘 리 없다는 것.

"이, 이런……."

당황하는 세 사람. 그리고 표독스럽게 변하는 여자.

"물러서! 안 그러면 이 새끼를 죽일 거야!"

그들을 바라보면서 소리를 지르는 여자.

"그건 무리일걸."

"뭐라고?"

순간 여자는 아차 했다.

자신들의 시선이 모두 뒤에 나타난 사람들에게 쏠려 있었다는 걸 알아차린 것이다. 그렇다는 건…….

"트하합!"

노형진은 있는 힘껏 총을 손으로 잡아채서 밀어내면서 몸을 피했다.

탕!

다급하게 총을 쏘는 여자.

그러나 이미 총구는 땅을 향하고 있었고 총알은 허망하게 바닥에 틀어박혔다.

"지금이다!"

그와 동시에 달려든 사람들.

범인들은 순순히 잡혀 줄 생각이 없었겠지만 결국 제대로 저항도 하지 못하고 붙잡히고 말았다.

"놔! 놓으라고! 쌰아앙!"

여자는 발광을 했지만 누구도 그녀를 놔줄 생각을 하지 않았다.

"내가 누군지 알아! 내 남편이 누군지 아느냐고! 내가 전화 한번 하면 너희 다 죽일 수 있어!"

"웃기고 있네."

무태식은 그녀를 비웃으면서 노형진에게 다가왔다.

"괜찮으신가요?"

"네.. 스친 모양입니다."

녀석들이 가지고 있던 총알이 산탄이 아니라 슬러그탄이었던 모양인지 아슬아슬하게 스치고 지나가면서 상처를 남긴 것이다.

"연락을 받고 바로 들이닥친 겁니다."

"근처에 계셨던 모양이네요."

"네."

더 이상 기다릴 수가 없어서 일단 들이닥칠 셈으로 사람들이 모여 있는 와중에 노형진이 연락을 준 것이다.

"끄응."

노형진은 무태식의 부축을 받으면서 힘겹게 일어났다.

"다른 사람들은요?"

"아래에서 기다리면서 경찰을 상대하고 있습니다."

"일단 내려갑시다."

부축을 받으면서 아래로 내려간 노형진이 보게 된 장면은 경찰과 싸우면서 열을 내고 있는 손채림의 모습이었다.

"사람을 구하러 왔다니까 왜 말을 안 믿어요?"

"거참! 이봐요, 아가씨. 사람을 구하는 건 구하는 거고, 사람이 불법 침입을 하면 안 되지."

"아니, 그게 말이나 돼요?"

"법은 지켜야지, 이 사람아."

"납치당한 동영상 못 봤어요?"

"그건 경찰에 신고해야지! 왜 당신이 구하려고 그래?"

"아놔, 진짜."

"그만해."

보다 못한 노형진이 말리자 손채림은 깜짝 놀랐다.

"형진아!"

"당신……."

"어차피 원론적인 이야기만 할 거야. 경찰이 그렇게 융통성 있는 조직은 아니잖아?"

경찰의 입장에서는 일단 불법 침입을 한 새론을 막을 수밖에 없다. 연쇄살인에 관련된 증거가 없기 때문이다.

"야! 너 뭐야? 피 나잖아!"

옆구리에서 흐르는 피를 보고 깜짝 놀라는 손채림.

경찰 역시 그걸 보고 상황이 달라졌다는 사실을 알았다.

"스친 것뿐이야. 끄응……."

노형진은 앞으로 앉으면서 신음 소리를 냈다.

"범인들이 나한테 총을 쐈어."

총이라는 말에 경찰들은 깜짝 놀랐다.

하지만 그들이 놀란 이유는 그것 말고도 또 있었다.

"사모님!"

"사모님!"

"이 새끼들, 무슨 짓거리야!"

경호 팀에 붙잡혀서 나오는 사람들 중 여자를 본 경찰들은 기겁했다.

이 땅이 누구 땅인지는 알지 못했지만 그래도 그녀가 누군지는 알고 있었기 때문이다.

"그 녀석이 범인입니다."

노형진은 힘겹게 부축을 받으면서 말했다.

"범인?"

"네, 연쇄살인의 범인. 절 납치하도록 사주한 범인이 바로 저 여자입니다."

"무슨 말도 안 되는 소리야?"

경찰은 어리둥절한 얼굴이 되었다.

그 모습에 여자, 아니 사모님이라 불린 남궁미자는 화를 내면서 소리소리 질렀다.

"당장 이 새끼들 체포해! 이 녀석들이 우리 집에 불법 침입했다고!"

"그게……."

경찰들은 당황스러운 얼굴이 되어서 서로를 바라보았다.

확실히 지금 상황에서는 남궁미자의 말대로 이들을 체포해야 한다.

그런데 실제로 노형진이 납치되는 장면이 찍혀 있는 동영상도 있는 데다가 상대방은 변호사들이다.

그러니 그냥 무조건 체포하기에는 영 찝찝한 것도 사실이다.

"아무래도 체포는 무리일 것 같습니다. 일단 서장님한테 말씀드려 보고……."

"너 이 새끼들! 내가 누군지 알아! 내 말 한마디면 너희들 다 옷 벗어야 해! 알아!"

자신의 말을 따르지 않자 버럭버럭 화를 내는 남궁미자.

하지만 경찰들도 영 찝찝한 기분을 감출 수가 없었다.

'확실히 경찰은 여기서 뭐라고 할 수가 없지.'

애초에 이들이 출동한 것은 이곳에 불법 침입을 한 새론의 사람들을 체포하기 위해서였다. 그러니 이 안을 수색할 권한은 없다.

그렇다고 해서 그냥 물러나자니, 실제로 납치 영상이 있고 총기까지 발사되었다고 한다.

'정식으로 수사에 들어가기 위해서는 영장을 받아야겠지.'

하지만 그걸 받을 때쯤이면 아마 모든 증거는 인멸되었을 것이다.

'그렇게 둘 수는 없지.'

법적인 싸움은 결국 증거 싸움이다. 그리고 그 증거가 어디 있는지 알아낸다면 사건은 진행된다.

"일단 경찰에 출석은 하지요. 하지만 제 물건을 좀 찾아야겠는데요."

"네?"

"물건을 찾아야겠다고요. 저 녀석들이 납치하면서 제 물건을 훔쳐 갔으니까요."

"그거야 그렇지만……."

경찰은 납득한 듯 고개를 끄덕거렸다.

어쩌면 지금 상황에서 뭔가 이상하다는 것을 알아차린 것일 수도 있다.

그리고 그들도 바보가 아닌 이상에야, 상부에 들어가면 묻힐 거라는 것쯤은 알았을 것이다. 상대방은 서장의 아내이니까.

"웃기는 소리! 그런 물건이 어디 있다고 그러는 거야!"

"글쎄요. 일단 제 지갑과 군번줄이 사라졌는데 그게 어디 있는지 말 좀 해 주시지요."

"증거 있어? 증거 있느냐고!"

발악적으로 외치는 남궁미자.

하지만 그녀는 모를 것이다, 이미 증거, 아니 그 기억이 노형진에게 넘어가고 있음을.

"증거야 없을 리 없지요."

노형진은 무태식의 부축을 받아서 집으로 향하기 시작했다.

'트로피다 이거지.'

연쇄살인범, 특히 목적을 가진 연쇄살인범들의 특징은 트로피라고 하는 물건을 가지고 자신의 살인을 추억하는 데에 있다.

그들은 그 물건을 보물처럼 보관하면서 자신의 살인의 기억을 몇 번이고 곱씹는다.

'그리고…….'

남궁미자의 기억 속에 있는 트로피는 다름 아닌 군번줄과 사진. 그걸 한곳에 두고 컬렉션으로 삼은 것이다.

"당장 막지 못해!"

노형진이 집으로 가자 길길이 날뛰기 시작하는 남궁미자.

그리고 그런 모습을 김상엽은 열심히 사진으로 찍었다.

"뭐야! 뭐 하는 짓이야!"

"취재 중입니다."

"저거 빼앗아! 뭐 해! 당장 빼앗아!"

하지만 경찰들은 이제 들은 척도 하지 않았다.

확신에 찬 노형진의 반응을 보면서 심각한 것이 있다는 것을 알아차린 것이다.

"위치를 아십니까?"

무태식은 멈추지 않고 가는 노형진의 발걸음에 걱정스럽게 물었다.

"네, 압니다. 제가 기절한 줄 알고 자기들끼리 지껄이더군요."

"아."

노형진은 대충 둘러대고는 천천히 건물 안으로 들어갔다. 그리고 지하실로 내려갔다.

그 지하실에는 커다란 냉장고가 있었다.

"이 냉장고입니다."

"냉장고요?"

"네."

그걸 열어 보는 무태식. 그러나 안쪽은 텅 비어 있었다.

"비었는데요?"

"거기가 아니라 아래쪽 물받이입니다."

"네? 물받이요?"

"네."

사람들은 잘 모르지만 오래된, 그것도 아주 오래된 냉장고

의 경우에는 그 아래에 물받이가 있는 모델이 많았다. 성에
로 생기는 수분을 완벽하게 제거하지 못하기 때문이다.

물론 수십 년 전에 이미 사라지기는 했지만, 이 냉장고는
충분히 그만큼 된 물건.

"요즘 털어 보려고 하면 냉장고를 털지, 이 아래는 대부분
모르지요."

얼핏 보면 그냥 플라스틱 차단 벽으로 보일 뿐이기 때문에
대부분의 사람들은 그 존재를 모른다.

물론 냉장고가 작동된다면 물이 고일 수도 있지만 냉장고
는 이미 작동을 멈춘 지 오래.

애초에 작동시키지 않는 냉장고를 지하에 보관할 이유도
없었다.

드르륵.

무태식이 그걸 힘주어 당기자 마치 서랍처럼 냉장고 아래
쪽이 쑤욱 나왔다 그리고 그곳에는 엄청난 수의 군번줄이 담
겨 있었다.

"헐."

노형진과 무태식을 따라온 경찰은 당혹스러운 눈빛으로
끌려온 그걸 바라보았다.

족히 백 개는 되어 보이는 듯한 군번줄들.

"아마도 그게 트로피일 겁니다."

군인을 죽였다는 증거.

그리고 군인임을 확실하게 증명하는 물건.

"우…… 웃기지 마! 그냥 폼으로 만들어 둔 것뿐이야!"

남궁미자는 당황해서 외쳤다.

확실히 민간에서도 패션 삼아서 군번줄을 하는 사람이 많이 있다.

"그래요? 그런 것치고는 너무 다양한데요? 그리고 모르시나 본데, 군번에는 입대 일시가 기록됩니다."

군번줄에 쓰이는 이름과 입대 일시는 랜덤하게 그려 넣는 것이 아니다.

군번줄 더미를 보고 있던 경찰이 심각한 얼굴로 말했다.

"케이블 타이 풀어요."

"뭐라고요?"

무태식은 혹시나 경찰이 사건을 무마하려고 하는 줄 알고 주먹을 꽉 쥐었다.

그러나 그는 사건을 무마하려고 하는 게 아니었다.

"이건 정식으로 수사 들어가야 할 사건입니다. 케이블 타이가 아니라 수갑을 채워야지요."

남궁미자의 얼굴이 사정없이 일그러졌다.

⚖️

"병원하고 너무 친한 거 아냐?"

"내가 뭘?"

"1년에 한 번은 입원하는 것 같아서 그런다."

"에이, 이참에 쉬고 건강검진도 받는 거지."

"지금 그게 총 맞은 녀석이 할 소리야?"

"스쳤다니까."

"네가 멧돼지냐? 스쳤다고 멀쩡하게."

노형진은 병원에 누워서 진료를 받고 있었다.

다행히 총이 스친 것뿐이라서 죽지 않았지만 만일 진짜로 직격으로 맞았다면 죽었을 것이다.

슬러그탄은 멧돼지를 잡기 위해 쓰일 정도로 그 위력이 강하기 때문이다.

"그나저나 사건은 어떻게 된 거야?"

"아, 사건? 뭐, 나중에 서장이 허겁지겁 오기는 했지만 검찰이 그보다 먼저 들이닥쳤거든."

지역의 경찰서장이라고 하나 이 정도 사건을 덮을 능력을 가진 것은 아니다. 더군다나 증거가 넘치는 상황에서는 말이다.

"모두 탈영으로 처리된 실종자였어."

그곳에서 발견된 수많은 군번줄들.

그건 누구도 지켜 주지 않은 군인들의 유품이었다.

"피해자가 무려 백두 명이야."

"후우, 그 많은 사람들이 실종될 때까지 국방부는 그냥 탈영으로 처리했단 말이지."

"그래."

죽은 것도 억울한데 탈영으로 범죄자 취급을 당한 사람들은 얼마나 억울하겠는가? 그리고 그 가족들은?

"추종자들의 신분도 나왔고."

노인은 길바닥에서 노숙하던 자였는데, 먹여 주고 재워 주는 남궁미자를 헌신적으로 따랐다.

여자는 병원의 간호조무사였고, 남자 역시 병원의 경비원이었다.

"아직까지 시체는 발굴 중이야. 네가 도망갔던 그 산 있잖아?"

"거기?"

"그래. 거기에 시체들이 죄다 묻혀 있었어."

"그런데 아직도 못 찾은 거야?"

"아직 마흔 구밖에 못 찾았어. 아직도 나머지 시신이 어디 있는지 말은 안 해."

"말을 안 하는 게 아니라 말을 못 하는 거겠지."

아마도 어디에 묻어 버렸는지 알지 못할 것이다. 그 산이 모두 그 여자의 소유라면 말이다.

"하여간 지금 상황은 말이 아니야."

살인 집단의 등장. 그리고 그걸 무시하던 경찰의 행태까지 사람들의 분노를 자아내면서, 경찰에 대한 언론과 국민들의 불신이 극단적으로 높아지고 있었다.

"아니, 그 여자가 죽인 건 알겠는데 도대체 왜 죽인 거야?"

이것이 법이다

노형진은 그게 이상했다.

일반적으로 군인에 대한 대우는 두 가지이다.

하나는 고생한다고 생각해서 측은하게 생각하든가, 아니면 군인이라고 무시하든가.

하지만 일반적으로 상대방에 대해 이렇게 연쇄살인을 할 정도로 증오를 가지는 경우는 드물다.

더군다나 개인적으로 원한을 가지면 그게 끝이지, 그 원한이 군인이라는 집단에 투영되어 살인에 이르게 되는 경우는 생각하기 힘들다.

"그건 알아냈어. 뭐, 알아냈다기보다는 자기가 떠들었지만."

"그렇겠지."

범죄자가 잡히면 그중 누군가는 입을 꾹 다물고 아무런 말도 하지 않는다.

하지만 또 다른 누군가는 자신에게 정당성을 부여하면서 자신이 억울하다고 주장하기 위해 왜 그랬는지 떠들어 댄다.

상대방에게 동정심을 구해 처벌을 약하게 받기 위해 말이다.

'이게 동정심으로 해결될 만한 문제는 아니지만.'

사실상 이 사건의 처벌은 사형으로 정해진 것이나 마찬가지다.

물론 대한민국은 실질적 사형 폐지국으로 분류되어 선고가 된다고 해도 집행은 안 되겠지만 어찌 되었건 범인은 자신이 억울하다면서 마구 떠들어 댄 모양이었다.

"설마 군인한테 차여서 그랬다거나 그런 미친 소리는 아니겠지?"

"그건 아니야."

"그럼?"

"집안이 제주도 4.3 사건 희생자인 모양이야."

"집안이?"

"그래."

"그게 이번 사건이랑 무슨 관계인데? 그때 죽은 게 한두 명이야?"

제주도 4.3 사건은 빨갱이를 잡는다는 이름하에 제주도에서 벌어진 무차별적인 학살 사건을 뜻한다.

그 당시 정권이었던 이승만 정권은 제주도에서 발호한 남로당을 잡는다는 이유로 제주도민에 대해 무차별적인 학살을 했는데, 그 피해자의 수가 어마어마했다.

추정치가 3만에서 8만이라고 하며, 미 정부 당국의 판단으로는 6만 이상이라고 한다.

하지만 그때 사망한 사람이 한두 명도 아닌 데다 그때 그녀는 태어나지도 않았다. 그런데 그것과 이번 살인 사건이 무슨 관계가 있단 말인가?

"그녀의 아버지가 할아버지가 죽는 모습을 눈으로 본 모양이야."

노형진은 우울한 얼굴로 한숨을 쉬었다.

"미쳐 버린 역사의 잔재인 건가?"

"그렇지."

학살의 주역은 군인과 경찰. 그리고 서북청년단이라는 집단으로, 이들은 당시 제주도 인구 중 8분의 1을 살해했다.

단순히 죽이는 정도가 아니라 미쳐 날뛰어서, 심지어 가족이 보는 앞에서 부모를 참수하기도 했다.

"그걸 부모가 봤다 이거지."

"그래."

"그리고 그 증오가 옮겨 간 거군."

"맞아."

자신의 부모가 군인에게 잔인하게 살해되는 모습을 본 부모는 자식에게 매일같이 그 이야기를 하면서 세뇌했다.

군인을 증오하고 미워하라.

물론 진짜로 살인을 원한 건 아니었을 것이다. 그냥 속에 있는 분노를 이길 수 없어서 푸념하듯이 매일같이 떠들었을 것이다.

거기에다 그의 집안이 제주도 사람이라면 부모 양쪽 다 학살 사건의 피해자가 될 수밖에 없다. 그 당시 집안에서 한 명도 안 죽은 집이 없었으니까.

"브레이크가 없었구먼."

양쪽 다 그렇게 분노와 증오를 주입했는데, 그 결과 일종의 세뇌 효과가 발휘된 것이리라.

"그러다가 사소한 사고가 있었던 모양이야."

"사소한 사고?"

"그래."

아무리 부모가 그런 소리를 했다고 해도 갑자기 '아, 내일부터 군인을 죽이자.' 같은 생각을 할 리가 없다. 사건은 7년 전부터 시작되었다. 그러니 그때 무슨 일이 생겼다고 봐야 한다.

"병원에서 환자 한 명이 죽었나 봐."

의료사고 같은 것도 아니다. 그저 암이 돌이킬 수 없게 번진 것뿐이다.

"그런데 그 사람이 2성 장군의 부모였다는 거지."

"이런 미친⋯⋯."

2성 장군쯤 되면 아래에서 수만 명이 우러러보는 자리이다. 그렇다 보니 기고만장해지고 싸가지도 없는 경우가 많다. 민간 조직도 사장쯤 되면 목에 힘주고 기고만장해지는데, 절대적인 계급주의를 가진 군대에서 2성 장군급이면 그 대우가 어마어마하니까.

"그 인간에게 구타를 당한 모양이야."

"빌어먹을. 그게 방아쇠가 된 거구먼."

그 말에 손채림은 고개를 끄덕거렸다. 그리고 총알이 되어서 날아갔다.

"결국 그 인간한테 맞아서 전치 4주가 나왔다네."

하지만 군인이라는 특성상 그리고 부모가 죽어서 충격을 받았다는 이유상 군사법원에서는 선처를 받았다.

대한민국의 가해자 우선주의는 군사법원이라고 다르지 않은 데다가 더군다나 2성 장군을 처벌할 판사는 없었다.

"처벌을 받지 않고 근신으로 끝난 모양이야."

피해자의 입장에서는 억울하고 미치고 팔짝 뛸 일이다. 더군다나 전치 4주면 보통은 구속의 기준이 되는 시점이다.

"그게 이유가 된 거로군."

"그런 것 같아."

상대방에 대한 증오가 쌓여 있는데 자신이 구타당했다. 상대방이 군인이고 자신은 여자이니 죽을지도 모른다는 생각을 했을지도 모른다. 그런데 정작 상대방이 처벌도 받지 않고 나오자 그녀의 살인자로서의 본능이 깨어난 것이다.

"군인은 쓰레기이고 원수이니 다 죽여야 한다 이건가?"

"그런 거지."

세뇌된 분노가 사소한 사건으로 폭발하면서 그녀는 자연스럽게 살인범이 된다. 그리고 군인은 누구도 보호하지 않아서 쉽게 먹잇감이 되어 준다.

"지랄맞네."

그녀의 집안의 역사는 슬프기는 하지만 그렇다고 해서 그녀가 저지른 범죄가 이해가 가거나 용서가 되는 것은 아니다.

더군다나 자신을 구타한 사람은 장군이고 그녀가 죽인 사람은 힘없는 병사들이다. 차라리 장군을 죽였으면 이해라도 하지, 결국 장군이 무서워서 엉뚱한 목숨을 빼앗아 간 것이다. 이건 아무리 생각해도 이해할 수가 없는 일이었다.

"그나마 억울한 사람이 더 이상 생기지 않아서 다행이야."

"글쎄······."

노형진은 씁쓸한 얼굴이 되었다.

"알잖아, 아직도 군인 실종자는 많다는 것을?"

"······."

"그리고 그들도 저기 어딘가에 있겠지."

노형진은 눈이 가득 쌓인 창밖을 보면서 안타깝게 중얼거리는 것 말고는 할 수 있는 게 없었다.

쿠데타

변호사에게는 별의별 사람이 다 오기 마련이다.

그러나 변호사들과 가장 밀접하면서도 그다지 어울리지 않은 사람도 있기 마련이다.

그리고 그중 한 명이 지금 노형진과 함께 자리를 하고 있었다.

"쓰읍, 후."

"저기, 여기는 금연인데요."

노형진이 슬쩍 말을 꺼내자, 가운데 앉아 있던 남자는 살짝 눈을 찡그리더니 피우던 담배를 그대로 옆에 있는 화분에 비벼서 꺼 버렸다.

"거기는 화분인데……."

"재떨이가 없지 않소?"

"하긴, 그렇지요."

일단은 의뢰인 자격으로 온 것이니 뭐라고 할 수가 없어서 넘어가기로 한 노형진.

'절대로 무서워서 그러는 건 아니니까.'

애써 그렇게 생각하면서 노형진은 눈앞에 있는 사람을 바라보았다.

"사건을 의뢰하신다고요?"

"그렇소."

"죄송합니다만, 저희가 무조건 의뢰를 받는 게 아니라서요."

어지간한 사건은 의뢰를 받아들이고 변론을 하는 새론이지만 그래도 조폭은 그다지 엮이고 싶지 않은 상대다.

'여러모로 더럽단 말이지.'

조폭과 엮이면 애석하게도 한 번으로 안 끝난다.

돈은 확실하게 되지만, 그만큼 위험부담이 큰 것이다.

그리고 대부분의 경우 조폭들에게 돌아가는 혐의는 진짜인 경우가 많으며 거기서 지는 경우는 조폭들이 보복을 하기도 한다.

"내가 알기로는 새론은 사람 차별 안 한다던데?"

"사람은 차별 안 하지만 사건은 차별하지요."

"사건을 차별한다?"

한만우는 그 말뜻이 뭔지 알아채고는 피식 웃었다.

자신들과 엮이고 싶지 않다는 뜻이라는 것쯤은 그도 알아
차린 것이다.

"뭐, 그건 아는데, 이쪽도 다급해서 말이지."

"그러면 다른 변호사에게 가 보시는 게 어떨까요? 거래하
던 곳이 있지 않습니까?"

"있지. 그래서 여기를 온 거야. 내가 변호사를 찾아간 걸
알면 곤란하거든."

"무슨 의뢰이신데요?"

일반적으로 조폭 집단은 거래하는 변호사가 있고 그 사람
이 모든 걸 알아서 해 준다.

그리고 그런 변호사는 새론과 다르게 로비에 능한 경우가
많다.

조폭이라는 특성상, 아무래도 그냥 재판을 받는 것은 위험
하니까.

"여기서 하는 이야기는 밖으로 나가지 않지?"

"네."

"옆에 있는 녀석은?"

노형진 옆에 있는 정우찬을 띠꺼운 눈빛으로 바라보는 한
만우.

"입이 무거운 사람입니다. 걱정하지 않으셔도 됩니다."

일반적으로 경호 팀이 배석하지는 않지만 상대방이 위험
한 사람이다 보니 경호 팀이 같이 자리한 것이다.

정우찬은 아무런 말도 하지 않고 한만우를 그저 뚫어지게 바라볼 뿐이었다. 그의 손에는 3단 봉이 들려 있었다.

대놓고 위험한 셈이지만, 한만우는 피식 웃을 뿐이었다.

"최소한의 인원만 배석시켜 달라고 하지 않으셨나요? 이 게 최소한입니다."

"뭐, 그렇다고 치지."

한만우는 자세를 바로 하면서 노형진을 똑바로 바라보았다.

"내가 의뢰하고 싶은 건 쿠데타야."

"쿠데타?"

"그래. 위쪽을 싸그리 뒤집고 내가 위로 올라가고 싶어."

노형진은 그의 옆에 있는 두 사람을 바라보았다.

설마 이런 이야기를 대놓고 할 줄은 몰랐던 것이다.

"아, 걱정하지 마. 이 두 사람은 내 사람이니까."

"그런가요?"

"그래."

그는 다시 습관적으로 담배를 꺼내 물려다가 노형진이 얼굴을 찌푸리자 갑 안으로 도로 밀어 넣었다.

"쿠데타라는 게, 제가 생각하는 그거 맞습니까?"

"맞아."

"그런 건 저희를 찾아올 일이 아닌 것 같은데요. 저희는 변호사지, 킬러가 아닙니다."

"이거참. 이봐, 지금이 무슨 쌍팔년도처럼 위에 칼 담가서 죽이면 리더가 되는 줄 알아?"

그랬다가는 도리어 신임을 얻지 못하고 보복당하는 게 현실이다.

"쿠데타를 일으키려면 적당한 방법을 찾아야 한다고. 내가 궁금한 건 바로 그 방법이고."

"아니, 왜요?"

"그게 말이야……. 아, 조또 담배 당기네. 한 개비 물면 안 되겠나?"

"그러면 자리를 바꾸시죠. 창문 여시구요."

"뭐, 한국에서 총알 날아올 일은 없으니까 그러지."

"너무 확신하지는 마세요."

"뭐?"

"얼마 전 전 맞았습니다, 총알."

기가 막히다는 표정이 된 한만우는 크게 웃었다.

"이거, 나도 파란만장하게 살았지만 더한 인간이 있었네."

"뭐, 그렇지요. 길은 다르지만 인간의 삶은 다 파란만장한 것 아니겠습니까?"

"틀린 말은 아니군. 자네 충고를 받아들여서 일단 창가 쪽은 자제하지."

담배를 구겨서 자신의 주머니에 넣는 한만우.

그는 눈앞에 있는 커피로 심심한 입을 달래고는 천천히 이야기를 시작했다.

"간단하게 말해서, 위에서 위험한 장난을 하려고 하거든. 그런데 그 피해는 내가 입는단 말이야."

"그게 무슨 말씀이신지?"

"말 그대로야. 내가 현재 조직에서 서열 5위야. 소위 말하는 일선에서 일하는 자리지. 그리고 가장 위험한 자리이기도 하고 말이야."

그의 말에 따르면 그가 있는 조직이 마약과 인신매매를 하려고 한다는 것이다.

기존에는 그냥 나이트클럽을 통해 술을 팔고 매춘이나 기타 다른 방식으로 돈을 벌었다. 그런데 위에서 갑자기 그런 위험한 짓을 하려고 한다는 것.

"지금 마약과 인신매매라고 하셨습니까?"

"그래."

노형진의 얼굴이 딱딱하게 굳었다.

그럴 수밖에 없는 게, 나이트클럽이나 주점, 혹은 매춘으로 돈을 버는 것은 불법이라고 하더라도 최소한 다른 사람에게 주는 피해는 극히 미미하다.

하지만 마약과 인신매매는 전혀 이야기가 다르다.

"인신매매를 한다는 건, 납치해서 판다는 겁니까?"

"반대야."

"반대?"

"중국에서 납치한 애들을 들여와서 성매매를 시키려는 거야."

"그게 무슨……."

"아무래도 매춘은 계집애들이 가지고 가는 게 적지 않거든."

여성부나 기타 여성 단체들은 매춘하는 여자들이 모두 납치당해서 어쩔 수 없이 하는 줄 알지만 현실은 그렇지 않다.

물론 어쩔 수 없이 하는 사람도 없는 건 아니지만, 현재는 대부분의 사람들이 그냥 돈을 벌기 위해서 하는 일이다. 대부분이 출퇴근까지 하면서 하는 일이 되어 버린 것이다.

"일반적으로 아가씨가 가지고 가는 게 대략 70% 정도 되지. 나머지는 우리가 먹고."

"그런데요?"

"그런데 짱깨들한테서 사 와서 하면 우리가 다 먹거든."

"끄응……."

"그리고 어차피 말도 안 통하니 신고도 못 하고."

"그래도 누군가 신고하면 어쩌려고요?"

"아랫도리 돌리러 온 새끼들이 할 것 같아?"

피식하고 비웃는 한만우의 말에 노형진은 부정할 수가 없어서 입맛이 씁쓸했다.

가끔 강제로 잡혀서 매춘에 동원되는 사례가 있다. 가출청소년이나, 진짜 질이 좋지 않은 조폭에게 잡혀 버리는 경우 말이다.

그런데 그런 경우 손님에게 도움을 요청해도 그에 응답하는 사람은 0.1%도 안 된다.

나중에는 결국 포기하고 도움 요청도 하지 않게 된다.

　"하물며 중국 여자라면 어떻겠어?"

　"그렇겠군요."

　"거기에다 박리로 밀어 버릴 생각도 하더군."

　"박리요?"

　"그래. 일반적으로 한 번 하는데 한 시간에 13만 원쯤 하는데, 30분에 7만 원쯤으로 깎아 준다는 거지. 말을 할 필요는 없잖아? 그냥 자기 아랫도리만 돌리고 가면 그만이지."

　"헐."

　하긴, 여자가 가지고 가는 게 없으면 그것도 가능할 것이다.

　하지만 그 대상이 된 여자는 죽을 맛일 것이다. 아무리 그래도 사람인데 하루에 수십 명씩 상대하는 꼴이 되어 버리니까.

　더군다나 다른 사람과 다르게 그 여자들은 팔려 온 처지라 퇴근이라는 것도 없다. 자다가도 부르면 끌려 나가는 것이다.

　"그런데 그런 짓거리는 너무 위험단 말이지."

　한만우의 말에 노형진은 씁쓸해졌다.

　한만우는 그 여자들이 불쌍해서가 아니라 그저 위험해서 막고 싶은 것뿐이었다.

　"더군다나 이런 일이 터지면 말이야……."

　"보통 한 명이 독박을 쓰죠."

　"그래. 너무 낮은 놈은 효과가 없고, 너무 높은 놈은 쓸 리 없고."

"당신이군요."

"아, 씨발! 담배 당기네."

한만우는 바보가 아니다.

조직에서는 무얼 하든 늘 그를 전면에 내세운다.

앞에서야 믿어서라는 식으로 말하지만, 실상은 전혀 그렇지 않다.

'일이 터지면 내가 독박을 쓴다.'

그게 그의 예상이었다.

그리고 그건 맞는 말이었다.

"그렇다고 뭐 내가 꿀 빠는 것도 아니고 말이야."

"그런가요?"

"그래. 내가 이 짓거리만 20년을 넘게 했어. 그런데 위험한 장난을 치면 꿀 빠는 건 윗대가리고 힘든 건 아랫놈들이야."

가령 그렇게 해서 돈을 번다고 치자. 그럼 그 돈을 가지고 가는 것은 누구일까?

당연히 윗사람들이다.

물론 아래에도 간다. 기껏해야 한 달에 50만 원에서 100만 원 정도 말이다.

기존에 있던 것까지 합하면 더 많아지는 건 맞지만, 위험 부담은 비할 바 없이 커진다.

"일이 틀어지면 아래에서 독박 쓰고 길게 가야 하거든. 나 같은 경우도 이번에 들어가면 나올 때쯤이면 팽이고."

"그런가요?"

"그래."

그의 나이가 적은 게 아니다. 그러니 위로 올라가든가 아니면 슬슬 은퇴를 생각해야 한다.

그런 상황에서 일이 틀어지면 자신이 독박을 쓰고 감옥에 가게 된다.

"마약과 인신매매라니, 족히 10년은 나올 텐데. 그 나이면 난 퇴물이지."

그리고 자신을 지켜 준다는 약속 따위는 믿지 않는다.

"하여간 내 모가지 걸고 위험한 짓거리를 하고 싶지 않거든."

"그러면 경찰에 신고해 보시죠?"

"짭새 새끼들? 내가 대가리 총 맞았냐? 내가 바보야?"

"하긴……."

대한민국은 미국과 다르게 증인 보호 프로그램이 없다.

미국은 증언이 끝나면 필요한 경우 그 사람의 존재 자체를 지워 버린다. 전혀 다른 곳에서 적당하게 다시 살아갈 수 있게 해 주는 것이다.

'하지만 우리나라는 그런 게 없지.'

일단 증언을 할 때까지는 지켜 주지만 사건이 끝난 후에는 그냥 버려둔다.

"그 짓거리 했다가 배때지에 바람구멍 난 새끼들이 한두 명인 줄 알아?"

한만우는 한순간 양심에 찔린다고 그 짓거리 했다가 그 꼴 나는 것을 숱하게 봤다. 자신은 그렇게 되고 싶지 않았다.

"그리고 내가 원하는 건 그들을 밀어내는 거지, 조직을 날려 버리는 게 아니야."

"그렇군요."

그들을 밀어내고 자신이 조직을 차지하는 것. 그것이 한만우의 목적이다.

하지만 경찰에 밀고하면 조직 자체가 날아가는 수가 있다.

"그리고 애초에 짭새가 안 끼었을 것 같냐?"

"크흠……."

노형진은 부정할 수가 없었다.

지난번에 술에 약 타는 조직 사건에도 경찰이 끼어 있었다.

그리고 지금 한만우의 조직은 상당한 규모를 자랑하는 조직이다. 한 지역에서 조직이 이렇게까지 크는데 경찰이 모를 수는 없다.

"신고가 들어가 봐야 돌아오는 건 칼빵 아니면 콘크리트 신발이야. 아니면 모가지만 빼고 묻혀 버리든가."

담배가 당기는지 다시 커피를 한 모금 마시는 한만우.

"내 목표는 가늘고 길게라고. 윗대가리 새끼들이 똥 싸지른 거 뒤집어쓰고 감방에서 여생을 보내는 게 아니라."

노형진은 그가 왜 쿠데타를 하고자 하는지 충분히 이해할 수 있었다.

'뭐, 좋은 사람은 아니지만.'

최소한 그는 사람들에게 필요 이상의 피해를 줘 가면서 돈을 벌고 싶어 하는 사람은 아닌 듯했다.

"그러니 어떻게 해서든 윗놈들을 제쳐야 하는데, 내 처지라는 게 참 그렇거든."

무력으로 하자니 자신을 따르는 세력은 그다지 많지 않다. 그리고 칼부림하는 순간 여러모로 불리하다.

그렇다고 경찰에 찌를 수도 없다.

"누가 그러더군, 여기서는 뭐든 해 준다고."

"그건 어디까지나 합법인 경우죠."

"엄밀하게 말하면 나도 합법이지."

'합법은 개뿔.'

노형진은 속으로 비웃었지만 겉으로 드러내지는 않았다.

확실한 건 그가 조직을 이어받으면 최소한 사람들에게 피해를 주지는 않을 거라는 사실이다. 특히나 마약은……

"그러면 마약과 여자가 들어올 루트는 완성되어 있는 겁니까?"

"그래. 중국이야."

"중국?"

"그래. 약은 이미 주문했고, 계집은 주문받고 있지."

"주문받고 있다고요?"

"매춘 말고도 성 노예를 사려고 하는 놈들이 얼마나 많은지 알면 놀라 자빠질걸."

"네?"

"뭐, 환불 조건이지만 말이야."

"크."

쉽게 말해서 중국 여자를 납치해서 성 노예로 팔아넘겼다가 그들이 질려서 다시 팔면 그 사람들로 매춘하겠다는 뜻이다.

'미국이나 여기나……'

사람들은 미국에는 이런 게 없는 줄 알지만 미국에도 이런 범죄는 사방에 만연해 있다. 그저 드러나지 않을 뿐.

"뭐, 내가 존나 나쁜 새끼이기는 하거든? 뭐, 조폭 일이라고 하기는 싫을 수도 있지. 그런데 말이야, 그래도 결국은 내가 좋은 게 사회적으로도 좋은 거잖아?"

"만일 거절한다면요?"

"뭐, 손 털어야지. 천하의 새론에서 거절하면 어떤 미친 새끼가 이걸 담당하려고 하겠어? 그리고 섣불리 돌아다니면 우리 쪽 변호사들 귀에 들어갈 수도 있고."

이런 일은 외부에 드러나서는 안 된다.

변호사들끼리 인맥이 있기 때문에 이런 걸 가지고 다른 곳에 갔다가 까딱 잘못하면 계획이 드러난다. 그렇게 되면 한만우는 죽은 목숨이다.

"후우."

노형진은 머리를 부여잡았다. 이건 손을 뗄 수가 없는 상황이 되어 버린 것이다.

'확 경찰에 신고해 버려?'

하지만 그건 변호사의 의무에 위반된다.

변호사는 업무 중 알게 된 비밀을 누설하면 안 된다. 더군다나 지금 아는 것은 그저 예정일 뿐, 증거가 없다.

'경찰에 이야기하면 그들도 알 거야.'

그러면 그들은 잠시 멈췄다가 새론이 욕을 바가지로 먹고 손을 떼면 그때 다시 시작할 것이다.

"방법이 없군요."

"그러면 나야 땡큐지."

"일단은 돌아가 계십시오. 방법을 강구해 보겠습니다."

"잘 부탁하네, 변호사 양반."

뒤도 안 돌아보고 나가 버리는 한만우.

뒤에 남은 노형진은 얼굴을 부여잡고 한숨만 쉴 수밖에 없었다.

"미친……."

송정한은 사정을 듣고는 입을 쩍 벌렸다.

이런 당황스러운 사태는 전혀 예상하지 못했던 것이다.

"그게 사실인가?"

"네. 아무래도 그의 쿠데타를 도와주는 것 말고는 방법이 없을 듯합니다."

"그게 말이라고……. 이건 조폭 세계의 내전이란 말일세. 그게 무슨 의미인지 알지 않나?"

"압니다. 그러니까 어떻게 해서든 방법을 찾아야지요. 가장 좋은 것은 쿠데타가 아니라 우연을 가장해서 윗선을 쳐내는 것입니다."

"그게 가능하겠나?"

"글쎄요."

노형진으로서도 이번에는 뭐라고 할 수가 없었다.

물론 방법을 찾으려고 한다면 있을지도 모른다.

'문제는 내가 그 세계를 전혀 모른다는 거야.'

조폭들의 세계에 대해 주워들은 건 있지만 그건 어디까지나 주워들은 이야기다.

더군다나 그들을 처리하기 위해서는 더 깊은 내면까지 가야 하는데, 자신은 그런 걸 전혀 모른다.

'모르는 것 천지인 상황에서 작전을 짜는 건 상당히 위험한 행동인데.'

그렇다고 한만우와 자주 만날 수는 없다.

그라면 충분히 조언해 줄 수 있겠지만, 자주 만난다는 것은 그만큼 의심을 많이 받을 수 있다는 뜻이기 때문이다.

"결국은 그쪽에 대해 잘 알고 이런 설계를 잘하는 사람이 있어야 한다는 건데……."

거기까지 말하다 보니 문득 생각나는 집단이 하나 있었다.

어둠의 세계에 능숙하며 범죄를 잘 설계하던 사람들.

다만 그 능력을 선이 아니라 악과 자신의 이익을 위해 쓰던 인간들.

"누군가 생각나나 보군."

"대표님도 그러신가요?"

"그렇다네. 안 날 리 없지."

지금 노형진이 해야 하는 것은 다름 아닌 범죄 설계다.

그것도 정확하게 대상을 콕 찝어서 박멸해야 하는.

그리고 그걸 잘하는 사람들은 다름 아닌 청계 인간들이었다.

"하지만 청계는 없죠. 아쉽군요."

"아쉬워하지 말게나. 어차피 청계라면 그 녀석들과 거래하고 있었을 테니까."

"하긴, 그러네요."

만일 청계와 일하고 있다면 사실상 쿠데타는 불가능하다. 애초에 청계가 그걸 두고 볼 리 없으니까.

"하지만 방법이 없는 건 아니죠."

"방법이 있다니?"

"청계는 사라졌지만 모두가 사라진 건 아니니까요."

노형진의 뜻을 알아챈 송정한은 상당히 불편한 얼굴을 할 수밖에 없었다.

하지만 노형진의 말이 맞다.

"이길 수만 있다면……."

상대방이 악마라 해도 손잡는 것, 그게 바로 변호사니까.

⚖️

"배신자와 원수가 나란히 나를 찾아오다니 오늘은 해가 서쪽에서 뜨기라도 한 건가?"

서중섭은 노형진과 손예은을 보면서 이죽거렸다.

청계에서는 부장급이었던 그는 다행히 범죄와 연루된 증거가 없어서 처벌받지는 않았지만 그의 삶은 나락으로 떨어져 버렸다.

"배신자라는 말은 어울리지 않지요. 새론으로 옮긴 건 청계가 망한 후이니."

"흥."

노형진의 말에 코웃음으로 대답하는 서중섭.

"그래, 그래서 두 고귀하신 분께서는 여기까지 어쩐 일이신가?"

그의 말에는 가시가 있었다.

그럴 수밖에 없는 것이 이곳은 과거 자신의 사무실만도 못한 곳이기 때문이다.

받아 주는 로펌이 없어서 결국은 개인 사무실을 열었다. 그러나 돈이 되는 큰 사건은 그에게 오지 않았고, 쫓기고 쫓겨서 결국 여기까지 왔다.

"당신에게 부탁할 게 있습니다."

"부탁? 무슨 부탁? 잘나신 노형진 변호사가 해결 못 하는 사건이라도 있는 건가?"

"맞습니다. 이건 당신 전공이라고 하더군요."

서중섭은 움찔했다.

아무리 처벌을 안 받았다고 하지만 그렇다고 해서 자신이 무슨 짓을 저질렀는지 변호사 세계에 전혀 알려지지 않은 건 아니다.

사실 그가 처벌을 받지 않은 건 팔이 안으로 굽는 분위기 때문이지, 진짜로 죄가 없는 건 아니니까.

"무슨 소리야?"

하지만 부정하면서 슬쩍 시선을 돌리는 서중섭.

그럴 수밖에 없는 게, 안 그래도 그 일 때문에 인생이 나락으로 떨어졌는데 다시 그 일로 약점 잡히고 싶지는 않았던 것이다.

"간단합니다. 범죄 설계."

노형진이 직접적으로 말하자 서중섭은 딱 잡아뗐다.

"난 그런 거 몰라."

"모르신다면 그냥 바닥으로 계속 떨어지든지요."

"뭐?"

"우리는 당신이 필요하고, 당신은 계속 나락으로 떨어지고 있지요. 당신이 거부한다면 우리는 손 떼면 그만입니다. 당신이 없다고 해서 우리가 못 할 건 아니니까요, 좀 복잡하겠지만. 하지만 당신이 우리를 돕는다면 우리와 함께할 수 있겠지요."

"함께한다고?"

"본사는 아니지만 새론의 지부에 자리를 만들어 드리겠습니다."

"큭."

서중섭의 마음이 급격하게 흔들렸다.

'이 새끼, 날 놀리는 건가?'

노형진이 자신이 무슨 짓을 했는지 모르지는 않을 것이다. 그럼에도 불구하고 자신에게 도움을 청한다?

'그러면 둘 중 하나인데…….'

진짜로 도움이 필요한 것이든가, 아니면 자신을 무너트리려고 하는 것.

'하지만…….'

자신은 이미 철저하게 무너졌다.

최소한의 생활조차 되지 않고 빚은 늘어만 가고 있다. 아내가 돈을 벌어서 그나마 생활을 유지하는 거지, 자신의 사무실은 언제나 적자.

"자녀분들에게 슬슬 돈 들어갈 때가 아닌가요?"

"망할 새끼."

노형진의 말에 서중섭은 이를 빠드득 갈았다.

맞는 말이다.

두 아들은 중학생이다. 지금도 어마어마하게 돈이 들어가는데, 첫째는 내년에 고등학교에 들어간다.

똑똑한 자신을 닮아서 공부를 잘한다고 하지만 그건 어디까지나 중학교까지만 가능한 일.

학원도, 별도의 과외도 없이 고등학교 수업을 따라갈 수는 없다.

결과적으로 그 때문에 인생이 망가지는 셈이다.

설사 어떻게 기적적으로 따라간다고 해도 자신은 대학을 보내 줄 돈이 없다.

"확실히 당신이 한 행동은 마음에 안 듭니다. 하지만 때로는 그런 행동이 필요한 경우도 있지요. 다만 당신들은 그게 언제인지도 모르고 마구 썼다는 게 문제입니다."

노형진은 그렇게 말하면 손예은을 바라보았다.

"선배."

손예은은 잠깐 고민하다가 입을 열었다.

사실 함께 가 달라는 부탁에 고민을 많이 했다. 어찌 되었건 자신은 청계 출신에게 있어서 배신자니까.

"선배가 절 어떻게 생각하는지 알아요. 하지만 우리는 방향을 잘못 잡았다고 생각해요."

"잘못? 무슨 잘못? 우리가 왜 방향을 잘못 잡았는데? 우리가 뭘 잘못 잡았느냐고! 돈은 언제나 옳아! 돈이 정답이라고! 여기는 자본주의 세계야. 돈이 전부라고!"

항변하는 서중섭.

노형진은 그에게 말했다.

"그래서 제가 가난해 보입니까?"

"뭐?"

"우리 새론이 가난해 보입니까?"

"크윽……."

서중섭은 입을 다물었다.

노형진.

소문으로는 자산이 얼마인지도 감을 잡을 수 없다는 괴물.

좀 특이한 경우라고 해도, 새론은 언제나 일감이 넘치고 돈이 넘치는 곳이다.

그렇다고 일이 많은 것도 아니다.

물론 확실히 개인당 사건 수는 많다.

하지만 체계적인 변호 시스템 덕분에 어지간한 사건에 대해서는 저마다 대응책이 있어서 지금까지와 다르게 일일이 변호사가 다 대응할 필요가 없다.

사례만 있으면 대응 방법 등 모든 게 나타나니까.

거기에다 그곳에 있는 프로파일러들 덕분에 상대방의 행동적 신호나 변호사에 대해 분석까지 해 대는 통에 도무지 이길 수 없는 괴물이 되어 가고 있었다.

"크으…… 빌어먹을……."

서중섭은 인정할 수밖에 없었다.

그들은 바른길을 가서 돈을 벌고, 자신들은 잘못된 길로 돈을 번 것이다.

"돈은 언제나 옳다라. 부정하지는 않겠습니다. 저 같은 부자가 그걸 부정하면 그건 가장 멍청한 말이고 또 가장 부정직한 말일 테니까요. 하지만 그게 어떤 돈이냐가 관건이지요."

"선배, 저도 처음에는 복수하려고 왔어요. 하지만 여기서 전 변호사의 길을 봤습니다. 청계에서 보지 못했던 사람들을 봤고, 또 그들에게 도움이 되는 것도 봤지요. 법은 누구에게나 평등하다는 것은 거짓이라는 것도 알았어요. 하지만 그걸 평등하게 하는 것은 우리 변호사라는 것도 알았지요. 선배가 어떤 생각을 하는지 알아요. 하지만 전 선배가 두 번째 기회를 잡을 수 있었으면 해요."

평소답지 않게 길게 말하는 그녀.

아마도 자신이 처음으로 변호사가 되었을 때 실무를 알려준 것이 그였기 때문이리라. 그래서 그가 다시 똑바로 돌아오기를 바라는 것이리라.

"큭……."

서중섭은 입가에 비웃음을 가득 물었다.

그 모든 걸 인정하기에는, 그의 자존심이 너무 강했다.

"그래서 결국 날 다시 찾아온 건 범죄 설계를 해 달라는 거잖아? 그러면 청계랑 새론이 뭐가 다른 거지? 도리어 새론이 나쁜 거 아닌가, 바른 기업이라는 허울을 쓰고 우리와 똑같은 짓을 하려고 하는 건데?"

결국은 범죄 설계다. 자신의 전문이고 말이다.

결국은 똑같은 짓을 하는 셈인데 뭐가 다르단 말인가?

"다른 점은 한 가지뿐이죠. 대상."

"대상?"

"당신들은 가해자를 위해 일했고, 우리는 피해자를 위해 일합니다."

서중섭은 입을 다물었다.

부정할 수 없는 현실이었다.

자신들은 언제나 가해자를 지키고 변호하며 움직였다. 하지만 노형진을 비롯한 새론은 피해자 구제의 가치를 중요시한다.

"빌어먹을 새끼들. 그 꼬락서니가 마음에 안 들어."

가해자가 아니라 피해자라니. 웃긴 일이다.

이 나라는 언제나 가해자 편이었다. 형사에서도 피해자는 끼어들 여건이 안 되고, 민사를 해도 피해자에게 언제나 터무니없이 낮은 배상금을 주도록 한다.

그런데 이런 나라에서 피해자 중심주의라니.

"누군가를 위해서는 일한다면 가해자보다는 피해자를 위해 움직이는 게 변호사지요. 웃긴 일이지만, 가해자를 지켜 줄 사람은 많으니까요."

수많은 인권 단체와 종교 단체에서 가해자 재활과 갱생에 힘쓴다. 하지만 정작 피해자를 챙기는 사람들은 드물다.

새론에 언제나 사건이 넘칠 수밖에 없는 것은 백 명의 변호사가 있으면 그중 아흔아홉 명은 가해자를 위해 일하기 때문이다.

그러니 억울한 피해자들이 새론을 찾아올 수밖에 없다.

"좋다. 알았다고! 빌어먹을, 먹고사는 것만 아니면⋯⋯."

서중섭은 결국 두 손 두 발 다 들었다.

아무리 화를 내고 부정하고 싶어도 결국은 돈이 가장 중요하다, 자신이 말했던 것처럼.

그리고 지금 돈을 벌 수만 있다면 상대방이 새론이라고 해도 손을 잡을 수밖에 없는 것이 그의 상황이었다.

"그래서 뭐가 궁금한 건데? 애초에 범죄 설계라는 건 피해자가 생길 수밖에 없는 구조야. 그런데 뭔 피해자 중심주의야!"

"피해자가 피해자가 아니라면 이야기가 달라지죠."

"뭐?"

노형진은 자신이 받았던 사건을 간략하게 설명했다.

조폭들끼리의 분쟁 그리고 그 과정에서 퍼질 마약과 인신매매 그리고 강제 성매매들.

'어쩐지⋯⋯ 이 새끼들이 왜 날 찾아왔나 했더라니.'

사람을 판단하는 것은 나쁜 일이라고 하지만 변호사 생활을 하다 보면 사람의 가치를 판단하는 수밖에 없다.

그리고 새론은 당연히 일반적인 사람들에게 피해가 갈 만한 짓을 하려고 하지 않을 것이다.

"폭력 조직의 쿠데타를 돕는다라."

"네."

"하지만 둘 다 개썅놈인 건 마찬가지이잖아?"

"그렇지요. 조폭이 착할 거라고는 생각하지 않습니다. 하지만 정치와 똑같은 거죠."

"정치?"

"네, 전과 10범보다는 전과 5범을 뽑으면서 정화하는 것."

누군가는 둘 다 전과자가 아니냐고 할 수 있을지도 모른다. 하지만 그건 그들의 생각일 뿐이다.

단순히 생각해도 전과 10범은 피해자가 열 명, 전과 5범은 피해자가 다섯 명이다.

"아예 깨끗해지지는 않을 겁니다. 하지만 전과가 낮은, 그리고 범죄 성향이 덜한 녀석을 하다 보면 언젠가는 조폭의 위험도는 훨씬 줄어들 겁니다."

당장 지금만 해도 그렇다.

인신매매를 한다고 하면 납치될 여자들의 숫자가 얼마나 될까? 열 명? 스무 명?

장담컨대 백 단위는 넘을 것이다.

아니, 차라리 이건 피해자 숫자가 적은 축에 속한다.

마약이 들어오면 그로 인해 발생할 중독자의 수는?

그리고 그 마약중독자로 인해 고통받을 가족들은?

최악의 경우 그 마약중독자가 범죄를 일으키고 그로 인해 생길 피해자와 그 피해자의 가족들은?

"마약의 나쁜 점은 극단성이죠."

그냥 개인적 취미를 위해 마약을 하는 것은 나쁜 게 아닐 수도 있다.

하지만 마약은 비싸고, 그걸 구하기 위해 범죄도 불사하게 된다.

여자라면 매춘으로 몰리고 남자라면 강도, 살인, 도둑질 등등.

그래서 마약중독자의 삶은 비슷하게 끝난다.

"끄응⋯⋯."

그런 거라면 새론이 확실히 나설지도 모른다.

'한만우 그 멍청한 놈이 새론을 찾아가다니. 늑대 피하려다가 호랑이 아가리로 기어들어 갔군.'

만일 이런 일이 성공한다면 새론은 똑같은 범죄 설계를 할 것이다. 사회적으로 범죄를 약화시킬 수 있는 기회니까.

'큭.'

그 생각을 하자 서중섭의 입가에 미소가 떠올랐다.

그렇게 된다면 자신은 자리를 잡을 수 있다.

할 수 있는 다른 녀석들은 모두 감옥에 갔고, 아래쪽에 있던 애들은 실행만 할 뿐 두뇌는 아니었으니까. 그렇다면…….

'돈은 언제나 올바르다.'

애초에 자신이 청계에 들어간 건 상부처럼 권력을 탐해서가 아니었다. 돈 때문이었지.

그리고 새론이 그걸 계속하는 동안에는 자신에게도 돈은 계속 들어온다.

"좋아."

그는 그렇게 생각하기로 마음먹었다. 돈이 된다는데 거절할 이유는 없으니까.

"내가 하도록 하지."

"경찰은 안 된다. 검찰도 안 될 테고, 그렇다고 무력도 안 된다. 하지만 합법적으로 상부를 쳐 내야 한다."

서중섭은 기록을 살피면서 눈을 찡그렸다.

"쉬운 조건은 아니군."

"쉬웠다면 제가 했지요."

애석하게도 노형진은 미국에서의 변호사 생활이 길었기 때문에 한국 폭력 조직의 계보는 알지 못한다. 그 시스템도.

그래서 서중섭을 부른 것이고.

"전쟁을 유발하면 안 되나?"

"전쟁?"

"그래. 어떤 조직이든 적당히 자극을 주면 반응하기 마련이거든. 그리고 이런 폭력 조직은 라이벌 조직이 있기 마련이고."

즉, 라이벌 조직에 가짜 자극을 주면 그들이 반응할 거라는 소리다.

"고전적인 방식이군요. 하지만 그 피해가 너무 큽니다."

"어차피 쓰레기 놈들이야."

"압니다. 하지만 그 와중에 민간인 피해가 발생하죠."

"끄응."

실제로 비슷한 일이 미국에서 있었다.

몇몇 정의감 넘치는 경찰들이 같은 생각을 하고 라이벌 조직으로 가장해서 갱단을 자극해 두 집단이 전쟁을 시작했다.

경찰의 생각은 그들이 서로 싸우다가 자멸하는 것이었다.

하지만 그들의 싸움이 치열해질수록 민간인 피해가 늘어났다. 서로 총격전을 벌이는 와중에 휘말려 재수 없게 죽는 건 다반사였고, 현장을 본 민간인을 증거인멸 차원에서 죽여 버리기도 했다.

"그리고 불법입니다. 합법적 범위 내에서만 하는 겁니다."

"끄응……."

서중섭은 머리를 북북 긁었다.

"내부 고발자는 어때?"

"전에도 말했다시피 내부 고발자가 드러나면 안 됩니다."

한만우의 존재가 드러나면 그가 보복을 당할 테니 자신들의 계획은 실패하게 된다.

"그러니 가짜 내부 고발자를 만드는 거지."

"가짜?"

"그래. 어차피 그 새끼들이 어디서 뭐라고 지껄이고 다니는지 알 게 뭐야?"

"아!"

노형진은 어렴풋이 이해가 갔다.

"그리고 말이지, 이런 곳은 아무나 건드리는 게 아니야."

"뭐라고요?"

"이득을 보는 놈을 건드려야지."

"이득?"

"그래."

"어떤 이득 말이죠? 딱히 이득이 없는 것 같은데요?"

"인간이라는 건 원래 어디 가든 패싸움을 하는 족속이야. 한만우인가 뭔가 하는 놈이 반기를 들 생각이라고 했지? 그렇다는 건 그가 리더에 반대하는 파라는 거지. 이 상황에서 리더가 있는 파벌이 잡혀가면 그 화살은 당연히 한만우 파벌로 향하겠지."

"그렇겠지요."

"하지만 반대라면?"

노형진은 세상이 밝아지는 느낌이었다.

통수의 통수

"이런 싯팔."

한만우는 쫓기고 있었다.

좁은 골목을 돌아서, 도망치기 위해 사력을 다해서 달렸다.

"형님, 이쯤이면 따돌렸을 테지요?"

"모르지, 씨발. 짭새 새끼들이 어떻게 안 거야?"

"저도 잘 모르겠습니다."

함께 뛰는 조직원들은 당황하고 있었다.

간단하게 점심을 먹으러 들어갔는데 짭새, 그러니까 경찰이 난데없이 구속영장을 들고 들이닥친 것이다.

다행히 다른 조직원들이 몸으로 막아서 튈 수는 있었지만 짭새들은 집요하게 따라붙었다.

"씨발, 이건 누가 찌른 거야."

"네? 설마요."

"설마는 무슨!"

얼마 전 있었던 사소한 트러블.

그걸 가지고 갑자기 경찰이 구속영장까지 들고 올 거라고는 누구도 생각하지 못했다.

띠리링띠리링.

그들이 골목에서 겨우겨우 심호흡하고 있는 그때였다.

전화벨이 울리고, 한만우는 전화기를 받아 들었다. 그리고 와락 얼굴을 찡그렸다.

"왜 그러십니까, 형님?"

"우리 사무실이랑 내 집까지 털렸단다."

"네? 그게 무슨……?"

"짭새 새끼들이 영장을 들고 와서 우리 사무실이랑 내 집까지 털었다고. 씨발……."

조직원들은 얼굴이 사색이 되었다.

사무실이야 언제든 털릴 수 있는 가능성이 존재하니 그렇다고 쳐도 개인의 집까지 털리는 경우는 단 하나뿐이다.

그가 표적일 경우.

"그러고 보니 아까 그 새끼들이 구속영장을 내 것으로 가져왔다고 했지?"

"네? 아……."

다들 아까 있던 말을 기억하다가 뭔가 깨달았다.

경찰이 부른 건 한만우뿐이다. 다른 누구도 아니고.

그렇다는 것은, 한만우 한 명에게만 구속영장이 나왔다는 것.

"설마……."

"누가 찌른 거야."

그렇지 않다면 이런 일이 벌어질 리 없다.

"일단 여기를 뜨자. 해외에 잠깐 있다가……."

"그건 무리일 것 같은데?"

그 순간 앞에서 나타나는 남자.

그를 본 한만우는 냅다 반대로 뛰었다.

그러나 그마저도 얼마 가지 못했다.

"어디로 가려고?"

양측을 가로막은 경찰들.

그들은 한만우에게 종이를 내밀었다.

"한만우, 네놈을 체포한다. 입 닥치고 나와."

"큭."

"형님!"

부하들은 사색이 되어서 한만우를 바라보았다.

한만우는 그들을 보다가 천천히 입을 열었다.

"그거 나한테 나온 거지?"

"그래, 이 새끼야."

"그러면 나만 데리고 가면 되는 거지?"

"조까네. 다른 새끼들도 공무 집행 방해야, 이 새끼야."

그러자 갑자기 한만우는 품에서 서슬 퍼런 칼을 꺼내 들었다.

"씨발, 그러기만 해 봐. 여기서 칼부림 나는 거야."

"혀…… 형님, 저희도……."

"너희는 입 닥치고 있어. 어차피 나만 잡혀가면 돼. 나 어차피 막장이야. 어쩔 거야! 나만 데리고 갈래, 아니면 칼부림 한번 할까?"

몸으로 부하들을 막으면서 서슬 퍼런 칼을 경찰들에게 내미는 한만우.

경찰은 좀 곤란한 얼굴이 되었다.

재수 없이 칼부림 나면 자신들이 죽을 수도 있다.

물론 총이 있기는 하지만, 잘못 썼다가는 여러 가지로 고달프다.

총을 보고도 조직원들이 눈깔이 돌아가서 덤비면, 재수 없으면 그 와중에 한두 명 죽을 수도 있다. 총알에는 눈이 없으니까.

그렇게 되면 곤란한 건 자신들이다. 대한민국 경찰들에게 총은 그냥 폼이어야 하니까.

"워, 워. 진정하라고. 좋아, 알았어. 너만 데리고 가지."

"그걸 어떻게 믿어?"

"다른 애들 가 봐. 너만 남고. 그 후에 같이 가면 되잖아."

한만우는 눈치를 줬다. 그리고 부하들은 그 모습에 감동

먹었다.

"형님."

"가라. 별거 아닐 테니까 금방 나갈 거야. 가자마자 변호사 보내는 거 잊지 말고."

"네, 형님."

"어떤 새끼가 찔렀는지, 잡히기만 하면 죽여 버릴 거야."

"이봐, 경찰 앞에서 그러면 곤란하지."

"씨발…… 빨리 가."

"네…….."

결국 조직원들이 그곳을 벗어나고 나서야 한만우는 칼을 놓고 수갑을 차고 경찰차에 실려 끌려갔다.

멀리에서 그 모습을 보던 부하들은 서둘러서 조직과 변호사에게 전화를 걸기 시작했다.

"생각보다 체계적이군."

서중섭은 멀리서 끌려가는 한만우를 보면서 혀를 내둘렀다.

단순히 내부 관계만 알려 줬을 뿐인데 노형진이 멋지게 작전을 짠 것이다.

'이런 녀석이니 우리가 그렇게 당하지.'

하나를 알려 주면 열을 한다고 하더니 그게 농담이 아니라는 사실에 서중섭은 살짝 전율이 일었다.

"덕분입니다. 확실히 전문가군요."

노형진은 피식 웃으면서 말했다.

사실 오늘 한만우가 잡혀가는 것은 모두 노형진이 계획한 일이다. 당연히 한만우 역시 알고 있다.

인맥을 통해 구속영장과 수색영장을 받아 내는 것은 어려운 일이 아니다. 그와 관련된 범죄 사항은 적당히 꾸미면 그만이니까.

언론에서는 구속이 무슨 처벌처럼 표현되곤 하지만, 사실 구속은 범죄가 아니다. 단순히 상대방이 도망갈 가능성이 높기 때문에 잡아 두는 것일 뿐이다.

한만우의 죄목은 구속 사유로는 부적당하다.

범죄 사실도 증거가 미약하니 당연히 상대방 변호사가 구속영장이 부당하다는 영장 실질 심사를 신청할 테고, 그럼 구속영장은 효과를 잃어서 한만우는 풀려날 것이다.

"하지만 이미 내부에서는 소문이 난 후일 테지요."

이번에 잡혀간 것은 한만우뿐만 아니라 한만우 파벌 전부이다.

바보가 아닌 이상에야 뒤에서 누가 계획적으로 찔렀다는 것을 모를 리 없다.

"이 경우는 아무래도 반대 파벌이 의심을 받기 마련이지요."

보스로 대표되는 기존 파벌. 그리고 한만우의 파벌.

그 파벌 중에서 한쪽 파벌만 잡혀간다면 과연 조직원들이 무슨 생각을 할까?

한만우가 자수했다고? 아니면 반대 파벌에서 찔렀다고?

"이런 세계에서는 꼰지르는 게 최악이니까."

서중섭은 그렇게 말하면서 고개를 끄덕거렸다.

상황상 모든 책임은 보스 파벌로 돌아갈 수밖에 없다. 그리고 사실상 싸움을 건 것은 보스 파벌로 보일 것이다.

"결국 의심은 모든 조직 와해의 원인이지요."

멀어져 가는 경찰차를 보면서 노형진은 씩 웃었다.

⚖

노형진은 한만우를 만나고 있었다. 그러나 자신이 생각했던 것과는 다른 상황이었다.

원래 계획은 한만우가 구속되었다가 영장 실질 심사로 풀려나면서 조직원들이 보스파를 믿지 못하게 하는 것이었다.

그런데 전혀 생각하지 못한 일이 벌어졌다. 조직에서 변호사를 보내지 않은 것이다.

결국 구속영장은 확정되었고, 어쩔 수 없이 사건은 진행되어 버렸다.

"이런 개새끼. 결국 이 새끼들이 날 묻어 버릴 생각이었던 거야. 내가 멍청했어."

구치소에서 한숨을 쉬는 그를 보면서 노형진은 생각이 많았다.

이건 생각지도 못한 상황이었다.

'완전 뒤통수인데?'

만일 이런 짓을 하면 의심받을 거라는 것을 그들이 모르지는 않을 것이다. 그런데 변호사조차 보내지 않다니.

'그럴 만한 가치가 있다는 건가?'

노형진은 그들의 생각을 예측하기 위해 머리를 열심히 굴렸다.

"왜 보내지 않았을까요?"

"아마도 잘만 하면 묻어 버릴 수 있다고 생각했겠지. 눈에 거슬리니 한 방에 청소할 수 있다고 말이야. 개새끼들."

"글쎄요. 그럴 가능성은 낮습니다."

조폭이라고 해서 무조건 강한 형량이 나오는 건 아니다.

물론 한만우가 구속되기는 했지만 그건 어디까지나 노형진이 인맥을 통해 무리하게 구속영장이 나오게 해서 그런 것이다.

"수사가 진행되더라도 그 죄목은 집유 이상 나오기 힘들어요."

그가 조폭이라는 직업을 가지고 있지만 사실 그에게 전과가 많은 건 아니다. 전과 2범. 그게 전부다.

그나마도 대부분 하급 조직원 시절인 15년 전 이야기고, 그 후에는 전과가 없다.

더군다나 이번에 나온 구속영장에 관련된 범죄는 폭력이나 공갈 같은 조폭과 관련된 것이 아니라 사기를 조작한 것뿐이다. 그러니 집유가 나올 가능성 100%다.

사기 금액도, 많은 것도 아니고 500만 원.

"한만우 씨는 그렇다고 쳐도 다른 조직원들에게도 보내지 않았다는 것은 의외란 말이지요."

노형진은 그런 생각을 하면서 머리를 흔들었다.

"이제 어쩔 거야?"

"어쩔 수 없습니다. 당분간은 그곳에 계셔야지."

"뭐라고? 죽을래?"

"그렇게 오래는 아닐 겁니다. 일단 영장 실질 심사를 할 테니까요. 뭔지는 아시죠?"

"그건 알지."

영장 실질 심사는 구속영장이 과연 적법하게 발급되었는지 심사하는 과정이다. 만일 아니라고 결론 나면 그는 바로 풀려난다.

그리고 무리하게 발급된 것이 맞기 때문에 아마도 금방 나올 것이다.

길어 봐야 나흘.

"빌어먹을. 변호사 새끼를 믿는 게 아니었는데."

"하지만 이미 일은 벌어졌죠. 그리고 뒤통수를 맞는 건 예상에 없었으니까요."

"끄응……."

"일단은 금방 나오게 될 테니까 걱정하지 말고 기다리세요."

노형진은 그에게 그렇게 말하고 일단 구치소를 나왔다. 여러모로 알아봐야 할 게 많기 때문이다.

변호사 사무실로 돌아오니 서중섭이 짜증스러운 얼굴로 기다리고 있었다.

"도대체 왜 변호사를 안 보낸 거야?"

"글쎄요. 안 보내면 조직원들이 배신을 의심한다는 걸 몰라서 그러는 걸까요?"

"보스나 되는 놈이 어디 빙다리 핫바지인 줄 알아? 주먹만 잘 쓰면 보스 되는 건 쌍팔년도도 아니고 저기 일제강점기에 이미 끝났어. 머리 쓸 줄 모르는 새끼는 보스도 못 해."

즉, 보스도 변호사를 보내지 않으면 배신이라는 의심을 받는다는 것을 알고 있다는 소리다. 그런데 보내지 않았다.

"씨발…… 이런 경우는 또 처음이네. 내가 모르는 게 있나?"

"그렇겠지요."

자신들이 모르는 것.

그래서 그들이 그렇게 할 수밖에 없는 이유.

그게 분명히 있을 것이다.

노형진은 잠시 생각에 잠겼다.

그리고 그동안 벌어진 일과 한만우가 자신에게 찾아온 이유를 몇 번이고 곱씹었다.

그렇게 한참을 침묵하고 있자 서중섭은 짜증스러운 얼굴로 바깥으로 나가려고 했다.

아직 여기 소속도 아닌데 아무 말도 안 하는 노형진만 바라보고 있을 수는 없기 때문이다.

그때 마침 노형진에게 떠오른 생각이 있었다.

"저기 말입니다."

"뭔데?"

"한만우가 우리를 찾아온 이유가 자신이 독박 쓰기 싫어서 였지요?"

"그렇지. 그 녀석 계급이면 일선에서 뛰어야 하는데 그러면 재수 없으면 독박이니까."

"보스는 그걸 모를까요?"

"아까 말했잖아, 대가리까지 근육으로 찬 녀석들이 보스 하는 시절이 아니라니까."

"그러면 그가 반대하는 것도 모르지는 않겠네요?"

"알겠지. 쿠데타까지 생각하지는 않겠지만."

"흠……."

슬슬 흐름이 보이는 듯했다.

"혹시 청계에서 그런 경우 없었습니까?"

"어떤 경우?"

"역습당한 경우 말입니다."

"너 말고?"

"네. 저와 싸운 건 법적인 거고, 누군가 눈치 까고 도리어 그런 걸 이용하거나 한 경우 말입니다."

"음……."

서중섭은 잠깐 고민하다가 고개를 끄덕거렸다.

"한 번 있지, 주식 관련해서."

주식 관련해서 장난치려는 것을 눈치챈 회사의 이사 중 한 명이 그 사이에서 주식을 날름하려고 한 적이 있었다.

전혀 예상하지 못한 반응이었기 때문에 청계에서도 그걸 해결하기 위해 직접적으로 손을 써야 했던, 흔치 않은 사건이었다.

"뭐야? 쿠데타를 예상한 거라는 소리야?"

"그건 아닐 겁니다. 일반적으로 쿠데타라고 하면 상대방에 대한 공격이지, 자해는 아니니까요."

"그럼?"

노형진은 긴가민가하며 입을 열었다.

"혹시 말입니다."

"응?"

"거래가 생각보다 빨리 이루어지려는 거 아닐까요?"

"뭐?"

"한만우는 거래에 분명히 반대합니다. 거기에다 자신이 뒤통수를 맞았다고 생각하고 있겠지요. 조직에서는 영문을 모르겠지만, 일단 그가 나온 후에 다시 접근하면 정보가 샐 가능성도 존재합니다."

"거래가 생각보다 빠르게 진행될 예정이라서?"

"네. 위험부담을 가지고 가고 싶지 않을 테니까요."

"확실히…… 그럴 수도 있겠네."

만일 거래가 얼마 안 남았고 한만우가 자신이 뒤통수를 맞았다고 생각한다면 경찰에 꼰지르거나 반대파에 꼰지를 가능성도 존재한다.

"하지만 애초에, 일이 틀어지면 그에게 뒤집어씌울 거라면서?"

"첫 거래라면 아니지요."

첫 거래가 틀어지면 당연히 다음 거래도 없는 법이다. 그러니 첫 거래는 어떻게 해서든 성공해야 한다.

"그리고 일단 구속되었다가 나오면 경찰이 붙어 있을 가능성이 크니까요."

물론 매일같이 그런 일이 벌어지는 것은 아니다.

하지만 한만우는 조폭이다. 만일 어찌 되었건 그가 표적이 되었다고 한다면 경찰이 붙어서 따라다닐 수도 있다.

"그러니 그를 전면에 내세울 수도 없겠군."

"그렇지요."

이미 한만우는 효용 가치를 상실했다. 그러니 그를 무리하게 꺼낼 이유는 없는 것이다.

변호사를 쓴다는 것 자체가 다 돈이다. 더군다나 한두 명도 아니니 못해도 몇천은 줘야 하는데, 그렇게 되면 조직 자체에 경찰이 관심을 가진다.

"꺼내 봐야 도움이 안 된다 이건가?"

"네."

외부에 정보가 새어 나갈 가능성, 그리고 경찰이 붙을 가능성 등등 위험부담이 너무 많다.

"그러면 이해가 가는데……."

이 상황에서 타당한 유일한 이론은, 그를 꺼냄으로써 쓸데없이 경찰의 관심을 끌고 싶지 않다는 것이다.

"기존의 나름 합법적인 사업만 하는 중이라면 그럴 이유가 없죠. 매춘이나 술집은 위험할 것까지는 없으니까요."

남은 것은 단 하나, 거래가 얼마 남지 않았다는 것.

"끄응……."

서중섭은 노형진의 말에 곤란하다는 얼굴이 되었다.

"언제인지 모르겠지만 이렇게 급박하다면 내가 해 줄 수 있는 게 없는데. 범죄 설계가 그렇게 쉽게 나오는 게 아니잖아. 그냥 찌르는 것뿐이라고."

"하지만 내부에서 정보를 줄 만한 사람들이 다 잡혀가 버려서요."

이건 완전히 판단 미스다. 자신의 실수로 도리어 정보 라인이 전멸해 버린 것이다.

'이제 와서 꺼내 준다고 해도 그들이 한만우를 믿고 정보를 줄 리는 없고.'

노형진은 심각한 얼굴로 고민했다.

경찰에 신고한다? 뭘로?

언제 어디서 어떻게 거래가 벌어지는지 알 수가 없다. 아무 증거 없이 그저 마약 또는 인신매매가 벌어질 예정이라는 이야기를 해 봤자 누구도 믿지 않을 것이다.

'남은 것은 한 가지뿐인가?'

노형진은 자신의 손을 바라보았다.

위험하지만 보스라는 녀석에게 직접적으로 접근하는 수밖에 없다. 그러기 위해서는……

"한만우 씨는 당분간 구속 상태로 있어야겠습니다."

"뭐라고?"

"지금 나오면, 재수 없으면 같이 독박을 씁니다. 하지만 구속 상태에서는 사실상 그들과 격리되지요."

"그렇기는 하지. 설마 그들에게서 정보를 캐낼 생각인가?"

서중섭은 얼굴이 파랗게 질렸다. 그건 상당히 위험한 행동이기 때문이다.

물론 그렇게 해서 소탕할 수 있다면, 한만우는 그냥 구속이 풀린 후 나와서 조직을 접수만 하면 된다.

"방법은 그것뿐입니다."

노형진은 강하게 마음먹고는 주먹을 꽉 쥐었다.

"변호사 비용?"

"그렇습니다. 한만우 씨가 이곳에서 받으라고 하더군요."

노형진은 자신의 신분을 감추고 천연덕스럽게 조직에 접근했다.

공식적으로 그들을 찾아간 이유는, 그들이 변호사를 보내 주지 않아서 한만우가 개인적으로 자신을 선임하려고 하며 그 비용을 조직에서 받아야 한다는 것이었다.

"사건 기록을 보니까 별거 아니더군요. 한만우 씨뿐만 아니라 다른 분들도요. 어렵지 않게 꺼낼 수 있을 겁니다."

노형진은 보스를 보면서 그렇게 말했다.

하지만 보스는 시큰둥하게 노형진을 바라볼 뿐이었다.

"그러면 실형도 안 나오겠네?"

"솔직히 말씀드리면 그렇습니다. 대부분 집유 아니면 벌금 정도일 겁니다."

"그런데 내가 왜 변호사를 고용해?"

도리어 반문하는 보스.

노형진은 그걸 보고 참 아깝다는 생각을 했다.

'역시…… 그냥 주먹질로 자리를 차지한 녀석은 아니군.'

변호사를 사는 이유는 실형을 면하거나 벌금이나 배상금을 낮추려는 것이다. 그런데 한두 명도 아닌 그들 모두를 변론하려면 못해도 2천 이상의 돈을 줘야 한다.

문제는 벌금이 2천 정도 나올 가능성이 높다는 것.

집유는 사실상 처벌을 받지 않는 것이니 그걸 생각하면 도리어 벌금이 2천보다 더 낮을 가능성도 크다.

"애초에 변호사 비용 2천 들여 봐야 벌금 낮추는 것뿐이고 아예 안 내는 건 아니잖아? 못해도 800만 원 벌금은 내야 하는데, 그러면 2,800만 아닌가? 그럴 거면 차라리 입 닥치고 있다가 벌금 2천 내고 말지."

"하지만 전과가……."

"그러니까 벌금도 결국은 전과잖아? 당신도 우리가 누군지 모르지는 않을 텐데?"

노형진을 보면서 피식 비웃는 보스.

맞는 말이다. 그들은 조직폭력배다.

세상에 어떤 조폭이 벌금 같은 전과를 무서워하겠는가?

실형 살고 오는 것도 학교 갔다 왔다고 하면서 자랑하는 게 그들인데.

"그러니까 그냥 기다릴 테니 꺼져."

명백한 축객령.

'이러면 곤란한데.'

어떻게 해서든 접근해서 그의 기억을 읽어야 하는데 그는 노형진의 바로 앞에서 이야기하는 게 아니라 멀찌감치 있는 통유리 창문 앞에서 바깥을 바라보면서 이야기하는 중이다.

'그렇다고 그냥 접근할 수도 없고.'

자신을 바라보고 있는 조직원만 세 명이다. 자신이 아무 이유 없이 접근하면 어떤 식으로든 제재를 가할 게 뻔하다.

'살짝 자극을 줘 봐야 하나?'

이대로 물러나면 계획을 알 수 없다. 그리되면 자신의 계획은 완전히 물 건너가는 셈이다.

'하는 수 없지. 한만우 씨를 살짝 팔아먹어 봐야지.'

어차피 막장으로 돌아가는 상황. 노형진은 그를 팔아서 보스를 도발해 볼 생각이었다.

"만일 그렇게 하면 한만우 씨가 무슨 짓을 할지 모릅니다."

"뭐? 무슨 짓? 날 담그기라도 하겠다는 거야, 뭐야?"

피식하고 비웃는 보스.

역시 만만한 상대는 아니었다. 그 상황에서조차 접근하지 않고 있으니 말이다.

"글쎄요. 저야 모르지요. 하지만 한만우 씨가 이런 말씀을 하시더군요."

"어떤 말?"

"고객분들의 취향이 다양하더라는."

"뭐라고?"

보스의 얼굴이 와락 일그러졌다.

'걸렸구나.'

문제는 보스뿐만이 아니라 다른 자들 역시 얼굴이 일그러졌다는 것.

'씨발, 모 아니면 도다.'

기억을 읽어 내든가 아니면 그냥 처맞고 쫓겨나든가, 둘

중 하나다.

'가능성은 50 대 50.'

분명히 한만우는 그랬다, 단순히 매춘만이 아니라 성 노예를 원하는 일부 사람들에게 공급할 예정이라고.

"취향을 까발려도 고객분들이 좋아하실지 궁금해하시더군요. 그게 무슨 의미인지 저는 잘…… 쿠헉!"

그 순간 노형진의 복부로 주먹이 날아왔다.

기습적인 주먹에, 노형진은 배가 꺾이면서 앞으로 쓰러졌다.

"밟아."

"네, 형님!"

보스의 말이 떨어지기 무섭게 노형진에게 쏟아지는 엄청난 폭력.

"컥컥."

노형진은 몸을 수그리고 부들부들 떨었다.

주먹 한 방 맞고 쓰러지자 그다음에는 무차별적으로 발길질이 날아들었다.

'아, 씨발. 요즘 왜 이러냐.'

얼마 전에는 연쇄살인범에게 뒈지게 맞더니 이제는 조폭들에게 맞다니.

가슴속에서 억울한 마음이 부글부글 끓어올랐지만 지금은 표현할 수가 없었다.

"커헉."

그렇게 얼마나 맞았는지 모른다.

너무 맞아서 정신이 혼미해질 때쯤, 드디어 보스가 다가왔
다. 그리고 노형진의 얼굴을 꾸욱 밟았다.

"어디까지 알고 있는 거야?"

"저도 잘 모릅니다. 그냥 이 말을 전하면 알 거라고……."

노형진은 필사적으로 그의 발을 잡으면서 말했다.

얼핏 보면 그냥 저항하는 듯한 모습이었다.

"그래? 그렇단 말이지? 야, 이 새끼 일으켜."

"네, 형님."

양팔을 잡고 강제로 일으키는 조폭들.

그리고 다시 노형진의 배로 주먹이 날아들었다.

"크헉."

노형진은 그렇게 매달린 채로 한참을 두들겨 맞을 수밖에
없었다.

⚖

"그래서 이렇게 맞고 왔다고?"

노형진을 입원시킨 송정한은 기가 막히다는 얼굴이 되었다.

"어쩔 수 없었습니다. 그의 기억을 읽는 수밖에 없었으니
까요."

"죽이면 어쩌려고?"

"그럴 거라고는 생각하지 않았습니다. 바깥에 다른 사람이 있었으니까요."

다행히 바깥에서 경호 팀이 대기 중이었고, 그가 거기에 갔다는 증거가 너무나도 많았다.

"그래도 그렇지, 너무 무모했네. 기억이 읽힐지 어쩔지 알지도 못하면서."

랜덤으로 작동한다고 알고 있었던 송정한은 노형진의 행동에 기가 막혀서 혀를 끌끌 찰 수밖에 없었다.

"모 아니면 도였습니다."

"끄응…… 그래서 몰래 오라고 한 거군."

"채림이가 알면 절 죽이려고 할 겁니다. 조폭이 아니라 채림이한테 죽을걸요."

"자네들은 진짜……. 하아, 알겠네. 손채림 양에게는 비밀로 하지. 하지만 이 시간에 단순히 입원했다고 날 병원으로 부르지는 않았을 것 같고."

송정한도 바보는 아니다.

무려 새벽 2시다. 노형진은 이 시간에 자신을 병원으로 부를 만한 사람이 아니다.

"기억을 읽었습니다."

"기억을? 진짜인가?"

"네."

"오!"

그렇게 맞고 기억도 못 읽었다면 상당히 억울했을 것이라 생각하면서 송정한은 탄성을 내질렀다.

"그래, 어디서 어떻게 벌어지는 건가?"

"그것도 중요하지만, 누가 하는지도 중요합니다."

"누가 하는데?"

"우리가 익히 아는 사람이 한 명 있더군요."

"한 명 있다고? 누구?"

"천성계 말입니다."

송정한의 얼굴이 사정없이 찡그러졌다.

⚖️

천성계. 그는 중국인이다. 그리고 노형진과 몇 번이나 엮인 자이다.

그는 중국의 다른 폭력 조직을 대신해서 한국 진출을 전담하는 일종의 대리인이었다.

그동안 수차례 시도했는데, 그때마다 노형진과 부딪치면서 상당한 피해를 입어야 했다.

"그 녀석이 다시 오다니……."

"수익 모델이 하나만 있는 게 아니니까요."

그의 수익 모델은 주로 한국에서 범죄를 일으켜서 그 수익을 내는 것이다.

살인을 대리해 주는 노인 병원과 장기 밀매, 그리고 경찰력이 부족한 섬 지역에 폭력 조직을 심어서 해당 지역을 기지로 삼는 등의 방식으로 말이다.

"하지만 이번에는 방식이 좀 다르군."

이번에는 중국에서 물건을 가지고 와서 한국에서 판다. 그게 계획이다.

"천성계는 우리 때문에 실패를 많이 했습니다. 조직에서는 최후통첩을 한 모양이더군요."

"최후통첩?"

"네."

"절박하겠군."

중국 폭력 조직의 최후통첩이라면 해고는 아닐 것이다. 그러니 천성계는 어떻게 해서든 이번 일을 성공시켜야 한다.

"마약이라니……."

"한국이 마약 청정국이라고 하지만 수요가 아예 없는 건 아니니까요."

"하긴 그렇지. 그리고 성 노예는……."

"씁쓸하지요."

사람들은 잘 모르지만 현대에도 성 노예는 존재한다. 미국에도 존재하고, 유럽에도 존재한다.

합법적으로는 결혼을 가장하거나, 불법적으로는 말 그대로 사 와서 여자를 감금한다.

당연히 공식적으로는 존재하지도 않는 여자이기 때문에 그녀에게는 온갖 변태적인 성행위가 따라다닌다.

"이번 상품은 여자랍니다."

"여자라. 통관 방법이 있다는 건가?"

"그렇겠지요."

　상식적으로 마약도 들여오기 힘든데 여자를 들여오는 것은 더 힘들다.

　마약은 부피라도 작지만 여자는 큰 데다가 살려서 데리고 와야 하기 때문이다.

"어디에서 하는지 알아냈나?"

"애석하게도 그건……."

　읽어 낸 것은 오로지 천성계라는 이름과 여자에 관한 거래였다.

　언제, 어디서, 어떻게 하는지는 읽어 낼 수가 없었다.

　계속 구타당하느라고 차근차근 기억을 읽을 수 없었기 때문이다.

"큭……."

"하지만 알아낼 방법이 있습니다."

"알아낼 방법? 또 가서 두들겨 맞는 거라고는 말하지 말게. 또 맞으면 죽을 판국이니까."

"아닙니다. 안전한 방법입니다."

"안전한 방법?"

"네."

"무슨 방법인데?"

"경매요."

"엥? 무슨 경매?"

송정한은 순간적으로 이해가 가지 않아서 되물었다.

난데없이 경매라니?

"여자 경매 말입니다."

"자네, 머리를 잘못 맞은 건가? 아니면 일본 성인 만화를 너무 많이 본 건가? 그러고 보니 그런 일본 성인 만화는 불법 아니던가? 아니, 지금 그게 중요한 게 아닌가?"

송정한은 진심 어린 걱정을 했다.

그럴 수밖에 없는 게, 난데없이 여자 경매라니.

"아닙니다. 진심입니다."

"자네 미쳤나?"

"전 멀쩡합니다. 상식적으로, 물건을 살 때 물건 확인도 안 하고 사는 사람이 있던가요?"

"그거야 그렇지만 이건 사람이지, 물건이 아니지 않은가?"

"그러니까 더 물건을 보고 싶어 하겠지요. 연쇄살인범도 자기 취향을 골라 가면서 살인하는 판국인데요."

"으음⋯⋯."

송정한은 부정할 수가 없었다. 맞는 말이기 때문이다.

연쇄살인범, 특히 여성을 죽이는 녀석들은 자신의 타입에 맞는 사람을 골라 죽이는 놈들이 많다.

"데이트도 그렇고 결혼도 그렇고, 결국은 자신의 성적인 취향을 따라가지요."

"그렇겠지."

노형진의 말에 송정한은 수긍할 수밖에 없었다.

"성 노예를 사려고 하는 작자들이 보내 주는 대로 그냥 받을 리 없지요."

"미쳤군."

송정한은 한숨 말고는 진짜 나올 게 없었다.

진짜 일부 미친놈들의 대가리 속에서나 나올 만한 일이다. 그런데 그게 현실로 벌어지다니.

"변호사 생활을 하다 보면 현실은 소설이나 만화보다 더 시궁창인 걸 알게 되지 않습니까?"

"끄응……."

맞는 말이다.

사람들은 소설이나 만화를 보면서 '뭐 이런 게 다 있어?' 하고 비웃는다. 하지만 살다 보면 느끼는 게, 그것보다 미쳐 날뛰는 게 현실이다.

'무당이 나라를 지배한다든가 하는 식으로 말이지.'

노형진은 속으로 그렇게 말하면서 피식 웃었다.

"그래서 어디인지는 모르고?"

"그건 모릅니다. 저 계속 맞았거든요."

"안 죽은 게 용하군. 그런데, 그러면 원점이지 않은가? 어디로 들어오는지도 모르는데."

"압니다. 하지만 이런 것에 대해 잘 알 만한 사람이 있지요."

"잘 알 만한 사람?"

"네. 그 사람이라면 표를 구할 수 있을 겁니다."

⚖️

그 잘 알 만한 사람은 미친놈 보듯이 노형진을 바라보았다.

"그걸 말이라고 하나, 지금? 내가 아무리 타락해도 그 정도로 타락하지는 않았다. 그리고 당장 애들 학원비도 내지 못하고 있는데 무슨 여자야?"

서중섭은 기가 막혀서 말이 안 나왔다.

난데없이 자신보고 경매 표를 좀 구해 달라니.

"아, 오해하셨군요. 제 말은, 진짜 표를 달라는 게 아니라 그걸 사거나 받을 만한 놈을 알려 달라는 겁니다."

"뭐?"

"청계에서 일하면서 온갖 미친놈들은 다 봤을 텐데요?"

"끄응……."

서중섭은 부정을 못 했다.

돈과 권력을 위해서는 어떤 짓이라도 하던 녀석들이 주요 고객이었다.

물론 아주 최상위급은 그도 알지 못하지만, 그가 아는 선만 해도 세상에 절반은 미친놈이라고 할 정도였다.

"특히 가진 놈들은 이런 것에 매달리지요."

"왜?"

"재미가 없으니까요."

돈과 권력이 있으니 원하면 어떤 즐거움도 가질 수 있다.

여자는 돈만 있으면 얼마든지 살 수 있고, 마약은 걸려도 무마할 수 있다.

"그들은 합법적으로 누릴 수 있는 대부분의 즐거움을 맛봤지요. 그러면 자연스럽게 비상식적인 걸로 넘어가기 마련입니다."

"그냥 평범하게 게임을 한다거나 하는 식이라고는 생각 안 하나?"

"그들은 공평한 게임을 싫어합니다."

돈이 있고 세상이 모두 자기 발아래에 있다고 생각하는데 처음부터 끝까지 공평한 게임을 하고 싶어 하겠는가?

한국 청소년이 게임을 많이 하는 이유 중에는, 그게 재미있어서도 있겠지만 아이러니하게도 그곳은 공평하며 노력한 만큼 보상이 있어서라는 조사 결과도 있다.

"그러니 그런 미친놈들이 없다고는 말씀 못 하실 텐데요?"

"그거야 그런데……."

"그런 놈들 중에서 이런 것에 관심 가질 만한 놈 없습니까?"

"끄응……."

"그냥 추정이어도 됩니다. 확인은 우리가 합니다."

"후우."

확실히 서중섭은 청계 시절에 많은 놈들을 만났고, 그런 인간들 역시 봤다. 외부에는 드러나지 않았을 뿐이다.

"어차피 돌아갈 수 없는 길입니다. 그 신분을 드러내고 모욕하겠다는 게 아닙니다. 필요한 건 표뿐입니다."

"그 망할 조직을 추적하는 건 어때? 경매할 만한 곳을 빌릴 거 아닌가?"

"조직원들이 너무 많습니다. 그들 중 누구 이름으로 빌리는지 알 수도 없고요."

바보가 아닌 이상에야 매번 다른 장소에서 하게 될 텐데, 자기네들이 걸리게 빌리지는 않을 것이다. 그렇다고 무차별적으로 따라다닐 수도 없고 말이다.

그들이 바보도 아니고, 분명히 알아챌 것이다.

"끄응……."

한참을 고민하던 서중섭은 결국 한 명을 떠올렸다.

"적당한 사람이 있는데."

"누굽니까?"

"광섭진."

"광섭진? 잠깐, 광섭진요? 그 광섭진? 제가 아는 광섭진은 한 사람뿐인데요?"

"그래, 그 광섭진."

"그 사람이 왜요? 그 사람은…… 아……!"

자신이 말하는 모든 것에 딱 맞는 사람이다.

모든 것을 다 가진 사람.

그리고 돈도 넘치는 사람.

그는 아주 유명한 배우다. 그리고 잘생긴 외모로 10년 넘게 인기를 구가하고 있는 사람이기도 했다.

당연히 매년 수익이 100억을 넘는다.

듣기로는 강남에 빌딩만 세 채라고 하던가?

"그 녀석도 의뢰인이었습니까?"

"연예계라는 게 좀 추악하지 않나. 올라가는 게 좀 더럽지."

"이해가 갑니다."

아무리 매력이 있고 잘생겼다고 해도 그냥 우연히 뜨는 것은 쉽지 않다.

그나마 노형진이 대룡엔터테인먼트와 한국엔터테인먼트 조합을 만들고 나서는 많이 정화되었지만, 그가 데뷔하던 시절인 15년 전에는 진짜 추악의 극치였다.

그도 데뷔하고 무려 5년이나 무명 시절을 겪다가 성공해서 10년의 인기를 누린 것이다.

"데뷔 전 때 문제도 좀 있고…… 데뷔 후의 문제도 좀 있고."

"데뷔 전이야 이해가 갑니다만, 데뷔 후라니?"

그 추악한 시절에 뭘 어떻게 했는지는 본인만 알 것이다.

"문제는 데뷔 후일세. 그래서 내가 그 녀석이라면 연관되어 있을 가능성이 크다고 생각하는 거고."

"네?"

"그 녀석, 불능이야. 완전 변태지."

"헐."

서중섭은 그와 관련된 이야기를 간략하게 해 주었다.

그는 데뷔 전에 뜨기 위해 온갖 노력을 다 했다. 그중에는 당연히 그 당시 연예계에 힘이 있는 여자들에 대한 몸 로비역시 포함되어 있었다.

문제는 그 과정에서 어떻게 된 것인지 소위 말하는 발기부전, 즉 불능이 된 것이다.

"이유는 몰라. 병이 옮은 것인지 아니면 심리적인 것인지. 아마도 후자겠지. 그 정도 직책을 가진 여자들이 병을 가지고 있을 가능성은 그다지 높지 않으니까."

몸 로비는 여자만 하는 게 아니다. 남자 역시 일부 해당된다.

그리고 그 과정에서 광섭진은 불능이 되었다. 정확하게는, 발기부전.

"문제는 그 후야."

심리적인 문제라면 상담 치료나 정신과 치료로 충분히 치료될 수 있다.

그러나 그는 일거수일투족에 관심이 집중되는 연예인, 그것도 '톱' 연예인이다.

"그런 사람이 불능으로 상담 치료를 받는다? 무슨 꼴이 나겠나?"

"추락하겠지요."

"그렇겠지."

결국 그는 치료받지 못했다.

하지만 거기가 반응하지 않는다고 해서 남자의 성욕이 사라지는 것은 아니다. 그는 다른 방식으로 자신의 성욕을 채웠다.

"도대체 어떤 방식으로?"

"그건……."

주변을 살핀 서중섭은 조심스럽게 노형진의 귀에 대고 속삭였다.

그리고 그 말을 들은 노형진은, 왠지 구역질이 난다는 표정이 되었다.

"아무리 그쪽 일을 하는 여자라고 해도 그딴 취급을 받으면 빡 돌기 마련이지."

"그래서 청계와……."

"그래."

청계는 그에게 필요한 여자를 공급하고 그는 돈을 내는 것이다.

그리고 혹시나 일이 틀어지면 그걸 감추는 것도 해 주고 말이다.

'전형적인 청계의 방식이군.'

상대방에게 불법적인 일을 제공하고 그 비밀을 약점으로 잡는 전형적인 방법.

"그 새끼가 발정 나서 몇 번 기다리지 못하고 다른 업소에서 사고를 친 적도 있다네. 적지 않은 돈이 나갔지."

"그렇군요."

"그런데 말이야, 청계가 사라졌단 말이지."

당연히 여자 공급은 끊어졌다.

그리고 사고를 치면 수습해 줄 존재 역시 사라졌다.

"지금까지는 멀쩡해 보이지만……."

하지만 이런 게 있으면 분명히 끼어들려고 할 것이다.

외부에 드러나지도 않고, 자기 마음대로 할 수 있으며, 또한 나중에 문제가 될 가능성도 낮으니까.

"그런데 조폭들이 접근할까요?"

"아마도. 그런 취향을 알 놈들은 다 아니까."

하긴. 조폭들도 부자라고 그냥 마구 초대장을 발송하지는 않았을 것이다.

더군다나 그들 조직은 매춘을 함께 한다. 그들의 고객 중에 광섭진이 있을 수도 있다.

"좋군요."

드디어 방향을 잡았다는 생각에, 노형진은 미소를 지었다.

"뭐라고? 미친 거 아냐?"

광섭진은 노형진을 보고 화를 냈다.

조용히 할 이야기가 있다고 해서 만나 줬더니 실로 어이없는 말을 했기 때문이다.

"알고 왔습니다."

"뭔 개소리를 해도 적당히 해야지. 당장 꺼져. 안 꺼지면 경찰 부르겠어."

"그러면 기자들은 희대의 특종을 잡겠지요."

"뭐?"

"설마 우리가 장난삼아서 여기까지 왔을까요?"

"……."

광섭진은 노형진을 물끄러미 바라보았다.

확실히 자신의 성적 취향을 아는 이는 드물다. 하지만 시간이 오래 지났으니 은밀한 소문이 돌았을지도 모른다.

그러나 그 뒤에 있는, 청계와 자신의 관계까지 아는 건 쉽지 않은 일이다.

"싯팔."

결국 광섭진은 욕을 내뱉으면서 자리에 도로 앉았다.

"너 녹음하거나 그러려는 건 아니지?"

"그럴 필요가 있나요? 이미 증거가 있는데."

"망할 청계 새끼들……. 제대로 뒤처리를 하고 사라질 것이지."

얼굴을 부여잡고 한숨을 쉬는 광섭진.

"도대체 왜 이제 와서 그러는 건데?"

"당신이 뭔가를 받았을 것 같아서죠."

"뭘? 내가 도대체 뭘 받았다고 그러는 거야?"

"초대장요."

"뭔 초대장?"

"경매 초대장이라고 하면 아시려나요?"

그 말에 움찔하는 것을 보고 노형진은 그가 진짜로 받았다는 것을 알았다.

'그럼 그렇지.'

사실 단순히 성욕을 풀기 위해서라면 성매매 업소에 다니면 된다. 대부분의 업소는 절대 기밀로 돌아가기 때문이다.

그걸 폭로한다는 것 자체가 성매매 업종에 자신이 종사한다는 것을 인정하는 셈이니까.

'하지만 변태적 성욕은 어쩔 수가 없지.'

아무리 그들이라고 해도 그건 안 받아 준다. 그러니 다른 방식을 찾는 수밖에.

"모른 척하셔도 소용없습니다."

"하아, 씨발. 고발이라도 하려는 거야?"

"아직 참석하지 않으셨으니 아직은 아니지요. 하지만 참석하게 된다면 고발하겠지요."

"아…….."

얼굴을 부여잡고 절망하는 광섭진.

"우리는 당신의 몰락이 필요한 게 아니라 그 초대장이 필요한 겁니다."

"그것만 주면 비밀을 지켜 주는 거야?"

"더불어 하나 더 해 드리지요."

"더 해 준다고?"

"네, 익명성을 지킬 수 있게."

"뭐, 청계처럼 계집애라도 공급해 주겠다는 거야?"

노형진은 피식 웃었다.

"아니요. 우리는 청계가 아닙니다. 청계는 당신의 약점을 잡기 위해 그런 것이지요. 우리는 당신에게 의사를 제공할 겁니다."

"의사?"

"네, 당신의 발기부전은 정신적 문제라 들었습니다. 철저하게 익명으로 치료받을 수 있게 해 드리지요."

"뭐?"

광섭진은 의외라는 얼굴이 되었다. 그건 청계에서 내건 조건과는 굉장히 달랐기 때문이다.

"청계의 방식은 어디까지나 당신의 약점을 잡고자 한 것. 하지만 새론은 그런 방식은 안 씁니다."

그가 진료를 받지 못한 이유는 사람들의 관심 때문이었다.

하지만 새론은 그에게 철저하게 비밀리에 의사를 제공할 능력이 된다.

"그러면 정상적인 성생활도 가능해지겠지요."

"크으……."

광섭진은 신음 소리를 냈다.

사실 그는 나이를 먹어 가면서 고민이 많아졌다.

이제는 연예계 대표 노총각 중 한 명으로 불리는데 이러다가 결혼도 못 하고 인기가 떨어지면 무슨 의미가 있단 말인가?

돈이 있어도 즐거움은 없다. 그때는 여자를 불렀다가 사고를 쳐도, 실드를 쳐 줄 사람도 없다.

아무리 인기가 없어도 추악한 부분은 늘 이슈가 된다는 것을 잘 알고 있는 광섭진의 입장에서는, 결국 늙어서도 여자도 제대로 못 만난다는 뜻이다.

"정상적인 관계가 가능하다면 결혼도 가능하겠지요. 자녀도 낳을 수 있을 테고요."

"아이라……."

광섭진은 마음이 흔들렸다.

그도 아이를 가지고 싶었다. 하지만 그럴 수가 없었다.

"젠장."

그는 결국 결심하고는 자리에서 일어나서 벽으로 향했다. 그리고 거기에 걸려 있는 그림을 밀어 내고 숨겨진 금고에서 갈색의 봉투를 꺼냈다.

"이거다."

툭 하고 노형진의 발치에 떨어지는 봉투.

노형진이 열어 보니 하얀색의 초대장뿐 아니라 커다란 가면도 들어 있었다.

'하긴…… 서로 알아보면 그것도 곤란하지.'

온갖 변태들이 다 모이는데 거기서 서로를 알아보면 나중에 무슨 문제가 생길지 모르니까.

"그 가면은 필수야. 다른 가면은 안 된대."

얼굴 전부를 가릴 수 있는 프랑켄슈타인 가면.

그렇다면 뭔가 처리해서 확인할 수 있게 했다는 뜻이다.

"감사합니다."

노형진은 웃으면서 그걸 챙겼다.

하지만 광섭진에게 중요한 건 감사가 아니라 다른 것이었다.

"그래서 언제부터 상담 가능한데?"

"열흘 안에 일정을 말씀드리지요."

노형진은 히죽 웃으면서 가면을 바라보았다.

'드디어 잡았다.'

"이거참…… 이래서는 잡지도 못하겠군."

"그러게 말입니다."

초대장에 적혀 있는 장소에 도착한 노형진은 혀를 끌끌 찰 수밖에 없었다.

그럴 수밖에 없는 게, 예상과 다르게 경매장이 허허벌판이었기 때문이다.

"이러면 창고고 뭐고 의미가 없지."

송정한은 망원경에서 눈을 떼면서 혀를 끌끌 찼다.

주변에 아무도 없는 곳이다. 그러니 사람도 없을 것이다.

설혹 누군가 있었다 해도 오늘은 조폭들이 쫓아낼 테고. 자리를 매일 바꿀 테니 추적도 불가능할 테고.

"땅 주인도 모르겠지요."

땅 주인이 매일같이 확인하는 것도 아니고, 이렇게 순식간에 천막을 쳤다가 하루 만에 사라지는데 알 리 없다.

"세상에 미친놈들 참 많다. 그나저나 어디서 하는 거지? 아무것도 없는데 설마 여기서 그냥 한다고?"

"그럴 리 없지요. 아마 저쪽에 있는 봉고가 실어서 나르는 걸 겁니다. 치밀하군요."

어둠 속에서 달려온 차들은 어느 곳엔가 주차했고, 기다리고 있던 자들이 득달같이 달려가서 차의 번호판을 가렸다.

그마저도 대부분의 차량들은 '허' 자를 붙이고 있었다.

즉, 렌터카라는 것.

"저쪽도 상당한 준비를 했군요."

'허' 자가 달린 차를 타고 오라는 것도 모두 초대장에 적혀 있는 말이었다.

경찰이 알아차리고 슬쩍 온다고 해도 그건 '허' 자는 아닐 테니 경찰임을 확인할 수 있는 데다 신분도 감출 수 있다. 모이는 사람들 중에는 누군가의 차를 알아볼 수도 있으니까.

또 그게 끝이 아니다.

차를 대고 나면 그들은 내려서 초대장을 확인하고 미리 준비된 차량을 타고 다른 곳으로 가는 것이다.

"진짜 있기는 있나 보군요."

뒤쪽 좌석에 앉아 있던 검사 역시 망원경을 넘겨받아서 보다가 혀를 끌끌 찼다.

처음에는 노형진이 한 말이 뭔 개소리인가 했지만 천성계가 관련되었다는 말에 움직인 것이다.

사람을 분해해서 파는 미친 짓을 하던 놈이니 무슨 짓을 해도 이상하지 않으니까.

"일단은 저들을 따라가는 게 좋겠군요."

"위험하지 않을까?"

"그렇다고 여기서 잡으려고 하면 죄다 도망갈 겁니다."

"그건 그렇겠지."

더군다나 여기에 모여 있는 것은 불법이 아니다. 땅 주인이 몰랐다면, 기껏해야 불법 침입 정도.

"가서 실체를 확인해야지요. 경찰은 어떻습니까?"

"1개 중대를 준비했습니다만…… 아무래도 추가 인원을 바로 요청해야겠네요."

오는 사람들만 봐도 최소 백 명은 넘을 듯하니 1개 중대로는 턱도 없어 보였다.

"바로 부르세요, 쉬고 있는 전경들에게는 미안하지만. 아, 그리고 여자 경찰들을 최대한 많이 부르시고요."

"네? 어째서요?"

"손님들은 죄다 남자잖아요? 남자를 팔 것 같지는 않은데요."

노형진의 말에 검사는 바로 수긍하고 전화기를 들었다.

보통은 무전기를 쓰지만 혹시나 저들이 무전기를 감청하

고 있을 가능성도 무시할 수 없었기 때문이다.

"이제 들어가 봐야겠네요."

"다른 전투경찰이 오는 걸 기다려야 하지 않겠나?"

"너무 오래 걸립니다. 언제 끝날지도 모르는데요."

"하긴……."

"어차피 가서 확인해 봐야 하니 괜찮습니다."

노형진은 그렇게 말하면서 가면을 뒤집어썼다. 그리고 미리 준비한 자신의 차로 다가갔다.

"영상은 잘 넘어가죠?"

"네."

"알겠습니다."

노형진은 깊게 심호흡을 하고 천천히 차를 몰고 대기 장소로 향했다.

그가 차를 대자마자 득달같이 달려온 누군가가 번호판을 가리고는 노형진에게 다가와서 손을 내밀었다.

'말하지 말라고 했지.'

목소리를 감추기 위해 대화도 말도 금지. 그게 규칙.

노형진은 자신의 초대장을 건넸고, 그는 허리춤에서 뭔가를 꺼내서 가면을 비추었다.

'역시나.'

미리 뭔가를 뿌려 둔 건지, 가면에서 밝은 빛이 뿜어져 나왔다.

모든 확인을 마친 그가 방향을 알려 주자 노형진은 그의 안내를 받아서 버스에 올랐다.

거기에 탄 사람은 노형진을 비롯해서 네 명 정도.

누구도 아무런 말도 하지 않은 채로, 버스는 어디론가 향했다.

'멀군.'

경찰의 급습에 대비한 것일까?

버스는 무려 40분이나 도로를 달렸다.

이래서야 경찰이 저 현장을 덮쳐도 멀리 있는 사람들이 도망갈 시간은 충분하다.

그곳에 도착한 노형진은 기가 막혔다.

'이 새끼들, 진짜 철저하네.'

도착한 곳은 건물이 아니라 산속의 커다란 공터였다. 그리고 거기에는 천막이 쳐져 있었다.

입구도 커다란 형태이고, 주변에 문도 많다.

여차하면 어디로든 튈 수 있는 구조.

'추가 인원을 준비하라고 하길 잘했군.'

이런 형태라면 사방팔방으로 도망칠 테니 잡는 게 쉽지는 않을 것이다.

더군다나 이렇게 천막을 치는 식이라면 다음번에는 어디로 갈지 누가 알겠는가?

끼이익.

버스가 서고 문이 열리자 버스에서 내린 사람들은 여전히 아무런 말도 하지 않고 천천히 천막 안으로 들어갔다.

안쪽에는 적지 않은 사람들이 의자에 앉아 있었고, 그 앞에는 무대가 준비되어 있었다. 그리고 의자에 각자 들 수 있는 번호표가 하나씩 놓여 있었다.

'40분이라……'

경찰이 지금쯤 위치 추적기로 자신을 추적하고 있겠지만 여기로 오기까지는 40분이 걸린다.

노형진은 앉아서 좀 기다렸다. 그러자 드디어 시작된 경매.

"친애하는 고객 여러분, 이런 재미있는 행사에 참가해 주셔서 감사합니다."

가면을 쓴 채로 단상에 올라선 남자는 온갖 말로 분위기를 띄웠다.

하지만 노형진의 시선은 그가 아니라 다른 곳으로 쏠려 있었다.

'저 녀석이군.'

천성계.

이미 몇 번이나 싸웠지만 제대로 얼굴도 본 적이 없는 녀석.

그가 다리를 꼰 채로 무대 옆에서 이곳을 바라보고 있었다. 그리고 그 뒤에는 무장한 녀석들이 지키고 있었고 말이다.

'총이라……'

양복 안쪽이 불룩한 걸 보고 그들이 무장했다는 사실을 알아차린 노형진은 그 방향을 보면서 가면 안쪽에 있는 이어폰을 톡톡 두들겼다.

다행히 가면은 아예 뒤집어쓰는 형태여서 이어폰이 보이지 않았다.

-총인가요?

검사 또한 바로 알아차렸다.

-저 녀석이 천성계인가 보군요. 국내 조폭들이 총으로 무장하고 있을 가능성은 높지 않으니.

실제로 그 주변으로만 총으로 무장한 녀석들이 있었다. 아마도 천성계의 경호원인 모양이었다.

-전경으로도 안 되겠네요. 총이라니. 스와트SWAT 팀도 불러야겠습니다.

검사의 짜증스러운 말에 노형진은 아무런 말도 하지 않았다. 그저 조용히 현장을 바라볼 뿐이었다.

애초에 말을 할 수가 없으니까.

"자, 그러면 경매를 시작하겠습니다."

조용한 가운데 시작된 경매.

"첫 번째 상품."

경매인의 호칭에 무대로 강제로 끌려 오는 여자.

확실히 아름답다고 할 수 있는 그 여자는 옷도 제대로 입고 화장도 화려하게 하고 있었다.

'포장이다 이거냐?'

노형진은 왠지 씁쓸하게 속으로 중얼거렸다.

진짜 상품처럼 포장하다니.

"나이는 스무 살입니다. 출신은 뭐 필요 없으실 테고. 사실 분 있나요?"

그러나 반응하는 사람은 없었다.

사실 이런 걸 해 본 사람이 없으니 뭘 어떻게 해야 하는지 몰랐던 것이다.

"아, 저도 처음이라 실수했네요. 500만 원부터 시작합니다. 단가는 50만 원 단위로 올라갑니다."

그러나 여전히 반응이 없는 사람들.

눈치를 보는 것일까?

"고객님들, 입찰 없습니까?"

너무 반응이 없자 사회자도 당황한 모양이다.

그 와중에 누군가가 서 있는 조직원 중 한 명에게 귓속말을 했고, 그는 크게 외쳤다.

"이게 끝이냐는데요?"

"네?"

"제대로 보여 줘야 알 것 같으시답니다."

"아, 하하하……. 미처 그 생각을 못 했네요."

그 말을 듣고 노형진은 속으로 열불을 터뜨렸다.

'이 새끼들아, 일본 망가 좀 작작 봐라.'

일본 성인 만화, 속칭 망가에 많이 나오는 장면을 기대하면서 다들 기다리고 있었던 것이다.

천성계가 잠시 사회자를 불러서 뭐라고 했다. 그러자 사회자는 고개를 끄덕거리면서 다시 무대에 올라왔다.

"애석하게도 포장된 상품은 뜯으면 반품 불가랍니다."

"큭."

그 말이 웃겼는지, 몇몇이 낮게 웃었다.

"이 상품들은 눈요기용으로 나온 게 아니기 때문에 사신 분만 그 가치를 느낄 수 있답니다. 다만 다음번에는 수영복을 준비하겠다고 하네요. 자, 사실 분?"

그러자 한 명이 조용히 팻말을 들었다. 사회자는 그를 보며 외쳤다.

"500 나왔습니다, 500. 더 없으신가요?"

그 말이 끝나자 불붙기 시작하는 경매.

"550, 600, 650."

노형진은 그걸 보고 이를 빠드득 갈았다.

경매는 계속되었고 결국 여자는 3,800만 원에 팔려 나갔다.

그리고 다음 상품이라는 것이 나타났을 때 노형진은 진짜로 화가 났다.

"자, 다음 상품입니다."

'이 새끼들아! 미쳤냐!'

일곱 살쯤 되어 보이는 아이가 잔뜩 겁먹은 얼굴로 올라선 것이다.

주변을 둘러싼 무서운 가면에 겁을 먹은 아이는 오줌까지 지렸지만, 신경 쓰는 사람은 아무도 없었다.

"이 상품은……."

채 소개가 끝나기도 전에 번쩍 들어 올려지는 팻말. 그리고 잇달아 여기저기 올라오는 팻말.

아마도 미친 소아성애자들일 것이다.

"1,000 나왔습니다, 1,000……. 1,100 나왔습니다!"

한창 신나게 외치던 사회자는 순간 누군가 뛰어들어서 다가오자 말을 멈췄다.

뛰어든 이의 귓속말에, 사회자는 갑자기 심각한 분위기가 되었다.

"죄송합니다만 오늘 경매는 여기까지 하겠습니다. 어서 자리를 피하시는 게 좋을 것 같습니다."

그 목소리에는 분노가 서려 있었다.

다들 어리둥절한 얼굴이었지만 노형진은 그 이유를 알고 있었다. 그리고 아차 싶었다.

'경비를 세웠구나.'

생각해 보니 여기까지 오는 길은 한 개밖에 없었다. 즉 경찰이 여기까지 오려면 그 길을 따라와야 한다는 건데, 거기에 누군가 세워 뒀다면 당연히 알아차릴 수밖에 없다.

경찰이 따로따로 올 수는 없을 테니까.

'젠장, 망했다.'

주차장에서 여기까지 40분. 그 시간이면 모조리 도망가고
도 남는다.

"일단 나가셔서 서 있는 사람들을 따라가시면 됩니다. 나
중에 다시 일정을 잡아서 초대하겠습니다."

허겁지겁 자리를 피하는 사람들.

노형진은 이를 악물었다.

이대로는 두 손 놓고 모조리 도망가는 걸 지켜볼 수밖에
없는 상황.

'어떻게든 막아야 한다······. 하지만 어떻게?'

저쪽은 손님만 백 명이 넘고 경호원과 다른 사람들까지 합
하면 이백 명은 훌쩍 넘는다. 거기에다 총으로 무장한 사람
들까지 있다.

'총!'

노형진은 그 순간 방법이 보였다.

하지만 그건 위험한 방법이었다.

문제는, 그것 말고는 방법이 없다는 것.

'아, 씨발. 요즘 왜 이래? 마가 끼었나? 맨날 목숨이 왔다
갔다 하네.'

노형진은 이를 빠드득 갈면서 자리에서 일어났다. 그리고
혼잡하게 나가는 사람들을 피하면서 천성계로 추정되는 자
에게 다가갔다.

워낙 정신이 없어서 누구도 그 상황을 눈치채지 못했다.

'한 방에 해야 해…… 한 방에.'

노형진은 조용히 천성계의 경호원에게 다가갔다. 그리고 아까 바닥에 놓여 있던 짱돌을 주먹으로 꽉 쥐었다.

다행히 천막만 설치했지 돌까지 치운 건 아니어서 돌은 충분했다.

"어서 가시지요."

벗어나기 위해 서두르는 경호원.

그들은 마음이 급해서 앞서가려고 했고, 노형진은 그 틈을 노렸다.

빠악!

"아악!"

처절한 비명을 지르면서 앞으로 고꾸라지는 경호원.

노형진은 그의 품에서 잽싸게 총을 꺼내서 바로 옆에 있던 천성계에게 달라붙었다.

만일 저들이 훈련받은 경호원이라면 있을 수 없는 일이지만 그저 폭력배일 뿐이기 때문에, 그들이 허점을 두고 마음이 급해서 천성계를 두고 앞서갔기에 가능한 일이었다.

"손들어! 꼼짝 마!"

노형진이 소리 지르자 주변의 시선이 그에게로 확 쏠렸다.

"뭐야?"

"뭐야!"

다들 당황해서 어쩔 줄 모르는 사이, 노형진은 천성계로 추정되는 자의 관자놀이에 총을 대고는 안전한 구석으로 끌었다.

"한 놈이라도 움직이면 죽는다."

"헛!"

다들 어쩔 줄 몰라 했다.

경호원들도 허둥지둥 총을 꺼내 들었지만 '탕!' 하는 소리와 함께 멈출 수밖에 없었다.

"끄아악!"

총을 꺼내 들다 허벅지를 붙잡고 비명을 지르는 경호원.

"내가 움직이지 말라고 했지?"

노형진은 총을 쏠 줄 안다.

회귀 전 총기 소지가 자유로운 미국에서 살았기 때문이다.

당연히 그도 안전을 위해 총을 가지고 있어야 했다.

그래서 총 쏘는 훈련도 했고 말이다.

'씨발…… 이거 긴급피난에 해당되나?'

가능하면 다치는 사람이 없기를 바라지만, 아무도 다치지 않으면 자신의 말을 듣지 않을 거라는 걸 알기 때문에 어쩔 수가 없었다.

"너희들, 총 꺼내서 이쪽으로 던져."

일단은 경호원들의 총을 처리하는 게 우선이기 때문에 노형진은 그들에게 겁을 줬다.

당연히 그들은 움직이지 않았지만…….

탕!

"아악! 내 손!"

손가락이 날아간 경호원은 비명을 질렀다.

"총을 주기 싫으면서 총을 못 쏘게 손가락을 날리면 되지."

그제야 허겁지겁 총을 꺼내서 던지는 경호원들.

병신이 되고 싶지는 않은 모양이었다.

"너 이 새끼, 누구야!"

노형진에게 붙잡혀 있는 사람이 화를 버럭 냈다. 그리고 그의 기억이 읽혔다.

"알 필요는 없어. 하지만 당신이 누군지는 알지, 천성계 씨."

"그, 그걸 어떻게……?"

"당신 면상 한번 보고 싶은데 녹록지 않네."

한 번도 얼굴을 본 적이 없는, 그러나 몇 번이나 부딪쳤던 그다. 느긋하게 가면을 벗고 싶지만 그럴 수가 없었다.

"한 놈이라도 움직이면 다음에는 그 녀석의 대가리에 바람 구멍 낸다. 알았냐?"

노형진은 그렇게 말하면서 주변을 둘러보았다.

다들 죽고 싶지는 않은지, 아무도 섣불리 움직이지 않고 있었다.

'젠장, 너무 많은데.'

자신이 총을 가지고 있다고 하지만 상대방이 너무 많았다.

'내가 가진 게 M9니까 장탄 수는 열다섯 개. 그중 두 발이

라…….'

그러면 남은 것은 열세 발.

저들이 미쳐서 달려들면 좀비 떼 가운데에 던져진 것처럼 쓸려 버릴 수밖에 없다.

물론 발아래에는 다른 경호원들이 던진 총이 있지만 그걸 잡기 위해 몸을 굽히는 것은 자살행위나 마찬가지다.

'젠장…… 시간이 얼마나 남은 거지?'

노형진은 입안이 바짝바짝 말랐다.

엎드려서 벌벌 떠는 녀석들은 어쩔 줄 몰라 했지만 폭력조직 녀석들의 얼굴에는 다급함이 가득했다.

그럴 수밖에 없다. 지금 경찰이 이곳으로 오고 있다는 소리를 들었을 테니까.

'젠장…… 젠장.'

노형진은 천성계를 끌고 최대한 거리를 둔 채 발로 다른 총들을 차면서 바깥으로 나왔다.

그때 조폭들은 서로 눈짓을 주고받고 있었다.

"눈깔 굴리지 마, 이 새끼들아!"

탕!

다시 경고사격을 하자 움찔하는 녀석들.

그러나 누군가는 눈을 빛내고 있었다. 특히 사회를 보던 녀석이 그랬다.

그리고 노형진은 그가 누군지 알고 있었다.

'씨발, 보스 새끼잖아.'

아까 전 들은 목소리는 분명 그놈의 것이었다.

그는 뭔가 생각하는 듯 눈치를 보다가 갑자기 벌떡 일어났다.

"저 새끼가 가진 총알은 이제 세 발밖에 없어! 죽여!"

"뭐라고? 무슨 개소리 하는 거야!"

"저 새끼가 가진 거 6연발 리볼버야! 죽여!"

"와!"

세 발밖에 안 남았다는 말에 갑자기 용기를 내서 달려오는 자들.

노형진은 아차 싶었다.

'씨발.'

자신이 가진 것은 결코 리볼버가 아니다. 하지만 어둡고 컴컴해서 저들은 그걸 모른다.

그리고 경찰이 오고 있다.

그러니 부하들에게 거짓말을 해서라도 노형진을 제압하려고 하는 것이다.

"이런 씨발."

거짓말이기는 하지만 완벽한 거짓말은 아니다.

이 상황에서 정조준을 할 수 없으니 당연히 많이 맞혀 봐야 세 사람 정도가 한계일 것이다.

"우와!"

탕탕탕!

연속해서 나가는 총소리.

그러나 쓰러진 것은 한 명뿐이다.

이미 세 발을 넘게 쐈지만 저들은 멈추지 않았다.

철컥.

"이런, 씨발!"

두 번째 녀석이 쓰러지면서 그와 동시에 탄창이 비는 소리가 들렸다. 그리고 노형진은 그대로 얼굴을 얻어맞고 허공을 날았다.

"커헉!"

"이 씨발 새끼! 죽여!"

"밟아!"

노형진에게 마구 발길질을 하는 조직원들.

노형진은 그대로 맞는 수밖에 없었다.

그런데 어느 순간 발길질이 멈췄다.

"끄으응……."

엎드린 채 신음하는 노형진에게 누군가 다가와서 그를 발로 차서 하늘을 보게 만들었다.

"이 개새끼."

철컥.

다름 아닌, 떨어진 총을 가지고 온 천성계였다.

"마음 같아서는 죽을 때까지 괴롭히고 싶지만……."

그는 이를 박박 갈면서 말했다.

"시간이 없으니 내가 직접 죽여 주마."

자신의 머리를 조준하는 총을 보면서 노형진은 헛웃음을 터뜨렸다.

'벌써 두 번째네, 씨발.'

그나마도 이번에는 권총이라 지난번처럼 쳐 낼 수도 없었다.

"누군지 모르지만 나한테 대든 걸 후회하게 해 주마."

자신을 노리는 총을 보면서 노형진은 눈을 질끈 감았다.

그리고 그다음 순간, 날카로운 총소리가 주변에 울려 퍼졌다. 그러나 그건 노형진이 최후에 예상했던 총소리가 아니었다.

투타타타타타!

권총의 단발성 소리가 아닌, 기관총의 연발성 소리.

그리고 눈을 감고 있는 노형진의 눈까지 뚫고 들어오는 강력한 서치라이트.

"손들어! 움직이면 모조리 쏴 버린다!"

확성기에서 나는 위협적인 목소리.

노형진은 슬며시 눈을 떴다. 그리고 허공에서 자신을 비추고 있는 헬기를 보고 안도의 한숨을 쉴 수 있었다.

천성계는 이미 손을 든 채로 그쪽을 노려고 있을 뿐이었다.

헬기가 그렇게 서치라이트를 비추는 사이, 입구로 특공대 차량과 전투경찰이 들이닥쳤다.

"튀어! 씨발!"

멍하니 있던 남자들은 들이닥치는 경찰을 보고 그제야 상황을 파악하고는 사방팔방으로 도망치기 시작했다.

그러나 이미 경찰이 사방을 에워싸고 있어 도망갈 공간은 없었다.

"괜찮나?"

노형진에게 다급하게 다가오는 송정한.

노형진은 먼지를 털고 일어나면서 고개를 끄덕거렸다.

"다행스럽게도요."

그러면서 고개를 돌려서 천성계를 바라보았다.

그는 가면을 쓴 채로 노형진을 무서운 눈빛으로 노려볼 뿐이었다.

노형진은 자신의 가면을 벗어 던지고는 그에게 다가가 가면을 벗겨 버렸다.

"얼굴을 보는 건 처음이지?"

"개새끼."

"뭐, 욕먹는 건 하도 익숙한 일이라서 말이지."

노형진은 히죽 웃으면서 그를 바라보았다.

그동안 숱하게 자신을, 아니 한국을 괴롭히던 전설적인 범죄자가 드디어 자신의 손에 잡힌 것이다.

철컥!

"천성계, 널 인신매매 혐의로 체포한다."

검사는 직접 그에게 수갑을 채우면서 히죽거리며 웃었다.

이런 거물을 잡았다는 것은 그의 미래가 밝다는 뜻이니까.

"큭, 빌어먹을. 날 뒤에서 봐주는 사람이 얼마나 많은 줄 아나?"

"그래, 그렇겠지. 그런데 그분들도 전부 여기에 계실 것 같은데?"

"……."

노형진은 사방팔방으로 뛰어다니는 사람들을 보면서 히죽 웃었다.

"자기 한 몸 지키기에도 바쁘실 분들이 너까지 지켜 줄 것 같지는 않은데?"

"언젠가는 죽여 버리겠다! 밤길 조심해! 네놈 뒤통수에 언젠가 칼을 박아 버릴 거야!"

"그럴지도 모르지. 하진만 오늘은 아닐 거야."

노형진은 손을 흔들었고, 검사는 즐거운 얼굴로 그를 끌고 갔다.

그의 입에서 나올 정보가 그의 미래를 보장하기 때문이다.

"사람들을 찾아보죠."

"사람들?"

"네."

노형진은 송정한과 함께 경매장으로 연결된 통로로 들어 갔다.

그리고 그쪽에 뭐가 있을지 알아챈 다른 사람들 몇몇도 그들을 따라서 통로로 들어갔다.

"잠겼군요."

커다란 컨테이너 세 개. 입구는 커다란 자물쇠로 잠겨 있었다.

"열쇠는 어디 있는지 모르겠는데요?"

"그러게 말이야. 이거, 영화처럼 총으로 부술 수 없나?"

"힘듭니다. 그건 영화고, 총알과 자물쇠의 강도 차이가 심해서요. 작은 거라면 모르지만 이렇게 무식하게 큰 놈은 안 될걸요."

노형진이 걱정스럽게 말했다.

아마도 저 바깥에 있는 누군가가 가지고 있겠지만 그걸 찾는 데 얼마나 걸릴지 알 수가 없었다.

그런데 생각보다 금방 해결책이 나타났다.

"그런 거라면 좋은 게 있지요."

함께 따라온 스와트 팀이 잠깐 자리를 이탈하더니 곧 커다란 유압식 절단기를 가지고 왔다.

"좋군요."

'위잉' 하는 소리와 함께 절단기가 작동되자 자물쇠는 속절없이 부러졌다.

철컥!

노형진은 손전등을 들고 그 안을 비췄다.

"꺄아악!"

비명이 들리고 사람들이 안쪽으로 도망가는 소리가 들렸다.

컨테이너를 완전히 열자 안쪽에 수십 명의 남녀가 뒤엉킨 채로 오들오들 떨고 있는 게 보였다.

"끄응⋯⋯."

그걸 보고 노형진은 혀를 끌끌 찼다.

척 봐도 서른 명은 되어 보이는 숫자. 그리고 똑같은 컨테이너가 두 개 더 있다.

"괜찮습니다. 진정하세요."

노형진은 진정시키려고 애썼지만 그들은 쉽게 진정하지 않았다.

"경찰입니다, 경찰."

그들로서는 그럴 수밖에 없었다.

납치되거나 팔려서 여기까지 끌려왔다. 그리고 두 사람이 끌려갔는데 그 후에 총소리가 났다.

바깥 상황을 알 수 없는 그들로서는 최악을 상상할 수밖에.

"일단 중국어가 가능한 사람을 불러오게. 그리고 다른 두 곳도 어서 열고."

"네."

송정한의 부탁에 경찰들은 유압기를 들고 양쪽으로 흩어지기 시작했다.

노형진은 그들이 컨테이너에서 나올 수 있게 입구를 비켜주면서 씁쓸하게 웃을 수밖에 없었다.

"올해는 진짜 운 더럽게 안 좋네."

두들겨 맞은 것만 두 번에, 총으로 위협받은 것도 두 번이다.

그중 한 번은 위협에서 그치는 게 아니라 진짜로 총알을 맞기까지 했다. 비록 스친 정도라고 해도 말이다.

"진짜 올해는 왜 이리 파란만장하냐."

노형진은 병원에 누워서 한숨을 쉬었다.

다행히 이번에는 크게 다치지 않았지만 혹시 모른다며 강제로 입원시킨 것이다.

"네가 자초하는 거 알지?"

"네, 네."

노형진은 손채림의 말에 무심하게 채널을 돌렸다.

"그나저나 요즘은 볼 게 없네."

"없다고?"

"그래."

노형진은 그렇게 말하면서 리모컨을 옆으로 던져 놨다.

"그게 나오길 기대한 거야?"

"그건 그렇지."

스와트 팀이 타고 온 헬기 덕분에 목숨은 건졌다.

그리고 그곳에 있던 자들은 일망타진되었다.

하지만 언론은 조용했다.

"그곳에 있던 사람들이 보통 놈들은 아닐 테니까."

엄청난 권력을 가진 놈들이다.

그런 놈들이 한 명이 아니고 백 명이 모였으니 언론과 경찰, 검찰을 입 다물게 하는 것은 일도 아니었을 것이다.

"처벌할 규정도 애매하고."

"그러게 말이야."

인신매매는 미수범이 있기는 하지만 거기에 있었다는 것만으로 인신매매 미수라고 판단하기에는 그들의 힘이 너무 강력했다.

그저 초대장이 와서 뭔지도 모르고 왔다든가, 아니면 증거를 모아서 신고하려고 했다는 식으로 대충 둘러대면 그만이었으니까.

물론 개소리지만 그들은 그 개소리를 진실로 만들 수 있는 힘을 가진 자들이었다. 하물며 그런 녀석이 백 명이 넘는다면야.

"세상이 그렇지 뭐."

노형진은 안타깝게 말했다.

"그나마 다행인 건 천성계가 입을 열었다는 정도."

"천성계가?"

"그래. 중국에 송환하지 않는 조건으로."

"응? 아……."

노형진은 알 것 같았다.

천성계는 중국에 송환되는 순간 무조건 죽는다.

정부로 넘어가도 사형이고, 풀려나도 조직에 죽는다.

그러니 차라리 여기 감옥에 있으려는 것이다.

한국에는 사형이 없다. 공식적으로는 존재하지만 집행하지 않는다. 그래서 한국에 남으려고 하는 것이다.

그러기 위해서는 자신의 죄를 한국 정부에 공개해야 한다.

그나마 유일하게 잘된 일이라고 할까?

"인신매매된 사람들은 이백 명이 넘어."

"이백 명?"

"그래. 그곳에 있던 사람들 말고 다른 곳에서 데리고 있던 사람들도 있더라고. 거기 있는 사람들은 상품이고, 다른 곳에서는 소위 말하는 '길들이기'를 진행하고 있더라."

손채림의 말에 노형진은 한숨이 나왔다.

그 '길들이기'라는 것은 절대 말로만 행해질 일은 아니기 때문이다.

"그래서 그런 녀석들까지 일망타진되었어."

"그래? 다행…… 아, 잠깐. 다행은 아닌 건가?"

노형진은 순간 아차 했다.

그렇다면 자신에게 의뢰했던 한만우가 문제가 되기 때문이다.

그가 의뢰한 것은 상부의 목을 치는 것이지, 조직 자체를 날려 버리는 게 아니었다.

"아니, 다행이야."

그 순간 문이 열리면서 한 남자가 들어섰다.

다름 아닌 한만우였다.

"여기는 어쩐 일로 오신 겁니까?"

"의뢰인이 담당 변호사를 찾아오는 게 잘못된 것인가?"

"그게 아니라 지금 구속 상태 아니었나요?"

"뭐, 대충 끝났네."

그는 히죽 웃으면서 의자를 빼서 앉았다.

"전화위복이었지."

"전화위복?"

"그래."

"아!"

한만우와 그를 따르던 자들은 노형진의 작전에 따라서 구치소에 있었다. 이때쯤이면 영장의 기간이 끝났으니 풀렸을 시간이기는 했다.

"우리는 감옥에 있었기 때문에 혐의를 벗었지. 그리고 우리가 그걸 반대했다는 증거가 나와서 말이야."

"반대했다는 증거요?"

"그래. 보스라는 새끼가 날 담가 버리려고 준비 중이었더군."

그는 차갑게 눈을 빛냈다.

만일 그가 쿠데타를 벌이지 않았다면 어쩌면 그와 자신의 추종자들은 그들에게 소위 말하는 '처분'이 되었을 것이다.

"아슬아슬한 타이밍이었어. 중국 놈들에게 우리를 넘길 속셈이었더군."

노형진은 대충 이해가 갔다.

천성계는 한국에서 두 번이나 장기 밀매를 시도했다. 그러니 이들을 넘기면 그들 역시 처분해 버릴 수 있는 루트가 있었을 것이다.

"하여간 그 덕분에 풀려났지."

"그런데 왜 전화위복이라는 겁니까? 조직을 빼앗고 싶어 하신 거지, 털어 버리기를 원한 건 아니잖습니까?"

"조직이 뭔데?"

"네?"

"자네는 이 현대에 와서 조직의 핵심이 뭔지 아나?"

"글쎄요? 사람?"

한 조직을 운영하는 데 가장 필요한 것은 다름 아닌 사람일 것이다. 그는 그렇게 생각했다.

하지만 그건 노형진이 너무 쉽게 생각한 것이었다.

"아니, 돈일세."

"돈?"

"그래. 돈이 있으면 조직원들은 얼마든지 확충할 수 있지. 일진이라고 모가지에 힘주고 다니는 중삐리 고삐리는 넘쳐. 다른 조직에서 버려진 채로 떠도는 녀석들도 많지. 우리처럼 조직 자체가 날아가서 무소속이 된 녀석들도 있고. 결국 그들을 끌어모으기 위해서는 돈이 필요하지."

"허."

"흐흐흐."

그랬다. 어차피 이 조직을 흡수했다면 아래쪽 인간들에 대한 대대적인 정리를 해야 한다.

그들은 인신매매와 마약으로 쉽게 돈을 버는 방법을 알았고, 또 그 맛을 봤다.

마약에 빠진 새끼도 있었고, 인신매매용으로 들어온 상품들을 무차별적으로 강간하면서 자기 욕망을 채우던 놈들도 있었다.

"그런 녀석들은 결국 사고를 치거든."

거기에다 그런 놈들이 기존 보스에 대한 충성을 감추고 있다가 어느 순간 자신의 등에 칼침을 놓을지도 모를 일이다.

"덕분에 쉽게 처리되었지, 후후."

그들은 모조리 잡혀갔다.

그리고 그들이 잡혀간 사이 한만우는 나와서 모든 재산을 접수했다.

이제 그들은 무일푼이다.

당연히 한만우는 그들에게 변호사를 보내지 않을 것이고, 그들에게는 그저 그런 국선변호인이 붙을 것이다.

범죄 사항이 심각한 만큼 대부분 상당히 오래 감옥에 있다 나올 것이고, 그때쯤이면 그들은 이곳에 들어올 수가 없다.

이미 조직은 자신의 손아귀에 있으니까.

"과정이 복잡하기는 했지만 깔끔하게 넘어갔어."

이것이 법이다.

한만우는 마음에 든다는 듯 히죽 웃었다.

"그래서 말인데……."

"이번만입니다. 더 이상 거래할 생각은 없습니다."

노형진은 그가 원하는 게 뭔지 알고는 딱 선을 그었다.

조폭과 엮이면 계속 끌려가기 마련이다.

이번 일이야 반인륜 범죄를 막기 위해 함께한 것이지만, 이들도 조폭은 조폭이고 좋은 존재는 아니다.

"후회할 텐데?"

"그럴 일은 없을 것 같습니다."

물론 거절했다고 해서 사람을 보내서 노형진을 죽이려고 하지는 않을 것이다. 단지 그만큼 조폭들은 돈이 된다는 뜻이다.

그러나 돈 때문에 흔들릴 노형진이 아니다.

"그렇다면 여기에 있을 이유는 없군."

한만우는 히죽 웃더니 자리에서 일어났다. 그리고 뒤도 안 돌아보고 병실을 나갔다.

"후우."

노형진은 침대에 드러누워서 한숨을 쉬었다.

"다음번에는 제발 총 좀 없었으면 좋겠다."

"네가 그런 곳에 안 가야지."

"그러게 말이다."

하지만 그럴 수 없다는 걸 가장 잘 아는 사람이 노형진 자신이었기에 그는 그저 씁쓸하게 웃을 수밖에 없었다.

공갈빵은 아닙니다

"국선 변호요?"

"그렇다네. 협조 요청이 들어와서. 당분간은 협조할 생각이네."

"협조 요청?"

"요즘 사람이 부족하다고 하더군."

노형진은 상황이 이해가 되었다.

국선 변호란 말 그대로 국가가 변호사를 선임해 주는 것이다.

대부분의 경우 변호사 선임 비용은 터무니없이 비싸다.

특히 사건이 클수록 그 비용은 더 높아지는데, 그렇다 보니 가난한 사람들은 변호사의 조력을 받을 수가 없다.

그렇게 되면 유전 무죄 무전 유죄가 되어 버리기 때문에

'국선 변호 제도'라고 해서 변호사를 국가가 선임해 준다.

당연히 그들에게 배정되는 보수는 터무니없이 낮다. 건당 50만 원 정도.

한 건에 최하 300만 원은 받아야 하는 변호사들의 입장에서는 하려고 할 리 없다.

'뭐, 그것도 지금까지지만.'

부자들과 가진 자들의 타이틀 취득 코스라 불리는 로스쿨.

그 로스쿨이 유일하게 좋은 영향을 준 것이 바로 국선변호인이다.

로스쿨은 많은 수의 변호사들을 배출했고, 그 덕분에 경쟁이 치열해져서 경쟁에서 도태된 변호사들이 국선 변호 쪽으로 들어오게 되면서 부족 현상이 해결된 것이다.

'실력은 별개라는 게 문제지만.'

돈이 있거나 백이 있는 자들은 대형 로펌으로, 돈도 없고 백도 없는 자들은 국선으로 가서 법조계의 빈익빈 부익부가 심화된 것이 또 다른 문제이기는 하지만.

"변호사협회에서 요청이 들어와서 말이지."

"그거야 뭐 나쁘지 않지요. 무조건 우리한테 넘길 건 아니잖습니까?"

"그건 그러네. 하지만 사건이 많다 보니 변호사들이 좀 나눠서 해야 할 것 같아. 신입들만 시키는 건 형평성 문제도 있고."

"저도 하라는 건가요? 뭐, 그거야 어렵지 않습니다만."

새론은 신입이라고 해서 차별하거나 그러지는 않는다.

물론 실력의 차이는 있다. 그러니 그걸 메꾸기 위해 팀을 만들고 체계화된 변호를 추구하는 것이다.

더군다나 필요하면 도움을 요청할 수도 있다.

그런 만큼 공평하게 나눠서 하는 것이 문제가 될 것은 없다.

"그건 그런데, 이번에 자네한테 배정된 사건이 좀 그래서 말이지. 원하면 다른 사건과 바꿔 주겠네."

"무슨 사건인데요?"

"강간 사건."

"전 강간범 별로 안 좋아하는데요."

"알아. 그래서 물어보는 걸세."

노형진은 잠깐 고민했다.

하지만 고민은 짧았다.

어찌 되었건 자신은 변호사고, 사람을 골라 가면서 변호해서는 안 된다.

물론 아주 명확하게 부도덕하고 후안무치한 녀석들이라면 그럴 수도 있다지만 말이다.

"뭐, 마음에 안 들지만 어쩔 수 없지요."

"그래? 그러면 잘 부탁하네."

노형진은 탐탁잖은 얼굴로 승낙할 수밖에 없었다.

"응?"

그렇게 첫 번째 국선 변호 사건을 받아 든 노형진.

그런데 서류를 점검하던 노형진은 뭔가 이상하다는 생각을 지울 수가 없었다.

"이 사건, 너무 이상한데?"

"왜? 내가 봐서는 그냥 흔해 빠진 사건이구먼."

함께 사건 기록을 검토하던 손채림은 시큰둥하게 말했다.

그럴 수밖에 없는 게, 아무리 변호사 사무실에서 일한다고 하지만 강간범을 변호하는 게 여자인 그녀로서는 기분 좋을 리 없으니까.

물론 그녀가 여러 번 해 봤다면 담담하겠지만 사실상 첫 강간 사건이니 기분이 나쁜 것이다.

"그래서 이상하다는 거야."

"그래서 이상하다고?"

"그래, 강간한 것 같긴 한데, 너무 전형적이랄까?"

"안 그런 사건도 있어?"

손채림의 말에 노형진은 피식 웃었다.

대부분의 강간 사건은 비슷한 과정을 거친다.

남자는 강간을 하고, 여자는 신고를 하고.

남자는 합의하에 했다고 한다. 물론 여자는 아니라고 하고.

그 후에는 남자는 철컹철컹.

"그건 그런데 말이지…… 경험이라는 게 있잖아."

"경험?"

"그래. 전형적인 강간이라는 느낌보다는, 전형적인 꽃뱀 사건이라는 느낌이 드는데?"

"전형적인 꽃뱀? 야, 아무리 변호사가 의뢰인 편을 든다고 하지만 벌써부터 색안경을 끼는 건 아니지."

강간 사건을 하다 보면 어쩔 수 없이 상대방이 꽃뱀이라는 색안경을 쓸 수밖에 없다. 그거 말고는 이유가 없기 때문이다.

어떻게 보면 극단적인 양자 선택의 사건이 바로 성범죄다. 진짜 강간 아니면 꽃뱀, 두 가지 범죄이기 때문이다.

"색안경이 아니라 진짜 그렇다는 거야."

"어떤 면에서?"

"일단 새로 입사한 여직원과 미혼의 남자 직원이 친해져서 함께 술을 먹었다, 이 부분은 이해가 가."

"그런데?"

"그리고 술 취한 여직원을 남자 직원이 끌고 모텔에 갔다 는 부분까지도 이해가 가."

"거봐, 흔해 빠진 사건이잖아."

"그런데 그 후가 이상하잖아."

"그 후?"

"그래, 동생이 집에 들어오지 않자 오빠가 위치 추적을 해서 모텔로 들이닥쳤다. 그래서 현장에서 강간범으로 잡혔다?"

"그래, 그런 거잖아?"

"채림이 너, 오빠 없지?"

"없지."

그녀는 외동딸이다. 그러니 이해를 못 할 것이다.

"세상에 물어봐라, 어떤 여동생이 오빠랑 연계해서 위치 추적 앱을 깔아 주냐?"

"응?"

"남매란, 가족이기는 하지만 반쯤은 싸움의 대상이기도 해."

"뭔 소리야?"

"내가 남매잖아."

남매는 서로 무시하고 티격태격하는 동시에 친하기도 한 관계다.

힘들 때는 도와주고 힘이 되어 주지만, 평소에는 친한 티를 내지 않는다. 실제로 안 친한 경우도 있고.

"일주일간 대화가 없다고 해도 이상할 게 없는 게 남매 관계야. 그런데 오빠가 걱정한다고 위치 추적 앱을 깔아 줘? 대가리에 총 맞았냐?"

"응? 그런 거야?"

"그래."

여동생에게 걱정되니 너의 핸드폰에 위치 추적 앱을 깔겠다고 한다면 보통 무슨 말이 나올까?

"온갖 욕과 함께 변태라는 소리가 날아올걸. 아마 구역질 난다는 표정을 지으며 거리를 두려고 할지도 모르지."

"그게 정상이라고?"

"그래."

어떤 여동생도 오빠가 자신을 추적할 수 있게 위치 추적 앱을 깔아 주지는 않는다.

"사실관계는 너무나 명확해. 너무 명확해서, 내가 변론하고 자시고 할 것도 없지. 술 마신 것도 사실이고 모텔로 들어간 것도 사실이고 성관계를 맺은 것도 사실이야. 그런데 여기에 오빠가 들이닥친 게 참 뜬금없단 말이지."

"헐퀴."

그 부분에 대해서는 생각해 보지 못한 손채림은 다시 한 번 서류를 물끄러미 바라보았다.

"남매라는 게 그런 건가?"

"그래."

노형진은 그렇게 말하면서 다시 기록을 살폈다.

"이거 좀 더 알아봐야겠는데?"

왠지 이상하다는 느낌이 들었다.

⚖️

"진짜로 억울하다니까요, 변호사님."

노형진이 찾아가자 눈물을 뚝뚝 흘리는 방문성.

하지만 노형진은 그 눈물을 그다지 크게 받아들이지 않았다. 사람들의 악어의 눈물을 너무나 많이 봤기 때문이다.

물론 그렇다고 아예 무시하지도 않았다.

"본인이 억울하다고 하시는 건 사건에서 의미가 없습니다. 진실이 중요하지요."

"전 아무 짓도 안 했다고요! 서로 합의하에 한 겁니다!"

"그걸 증명하지 않으면 강간에서는 아무런 의미가 없습니다."

한국은 기본적으로 강간에 대해서는 여성의 의견을 우선시하고 있다.

이게 무슨 소리냐면, 증거가 없어도 여자의 신고 자체로 강간이 성립한다고 보고 수사한다는 뜻이다.

'이게 병신 같은 짓인데 또 방법이 마땅치도 않고…….'

원래 이런 규칙은 없었다.

하지만 대부분의 강간범들이 합의를 주장한다. 그 경우 합의하지 않았다는 것을 피해자들이 증명해야 한다.

문제는 전문적인 경험이 없는 피해자들이 그걸 증명할 수 있는 방법이 없다는 것.

그리고 강간범에 대해 선처하려는 한국의 분위기 때문에 심지어 피해자에게 꽃뱀이 아니냐는 식으로 대하기도 했었다.

그렇다 보니 강간 신고를 포기하는 경우가 많아지고 강간범이 더욱 뻔뻔하게 피해자를 매도하자, 반대로 합의하에 했다는 것을 남자 측이 증명하게 바꿔 버린 것이다.

문제는 이것도 병신 짓인 건 마찬가지라는 것.

'합의 안 했다는 걸 증명하는 게 힘든데 합의하에 했다는 걸 증명하는 건 쉽겠냐고.'

남자와 여자가 성관계를 맺을 때마다 계약서를 만든다든가 아니면 녹취록을 만들지는 않는다. 그러니 결국은 피장파장이다.

'이게 다 병신 같은 경찰 때문이지.'

엄밀하게 말하면 그걸 수사해야 하는 것은 경찰이다.

현장을 분석하고 그들의 동선을 확인하고 그들의 카드 사용 내역을 확인하는 등의 노력을 해야 한다.

그런데 일하기 귀찮으니까 그냥 진술로 퉁치는 것이다.

결국 성범죄라는 특성상 무고 아니면 강간이라는 양자택일의 상황에서 그들의 그러한 방임은 심각한 문제가 되고 있다.

"전 이미 진술을 다 했다고요."

"압니다. 진술서는 다 봤습니다."

방문성은 작은 회사에 다니는 사람이다.

그 회사에 윤연미가 들어왔다.

윤연미는 방문성보다 한 살이 어렸다.

회사의 막내로 유일한 싱글이었던 그는 당연히 그녀에게 관심이 갔다.

서로 친해졌고, 술자리도 가졌다. 그러다가 이 일이 터졌다.

"그런데 합의했다는 증거가 없지 않습니까?"

문자도 없고 전화 기록도 없다.

"그럴 이유가 없지요. 한 사무실에서 같이 일하는데!"

같은 공간에서 같이 일하는데 서로 문자를 주고받을 이유도 없고 전화를 할 이유도 없다.

애매하게 사귀는 사이도 아니라서, 퇴근 후 연락을 주고받은 것도 아니다.

전형적인, 회사 동료가 강간한 구조.

노형진이 의심하는 것은 오로지 오빠라는 존재뿐.

아마 노형진도 오빠라는 존재가 끼지 않았다면 무심하게 넘어갔을 것이다.

'하지만 이런 무고 사건에서는 남자가 끼는 경우가 많단 말이지.'

노형진이 의심하는 것은 그것이다.

과거에 기본적으로 경찰이 강간범에게 유리하게 대하던 시절, 그 당시 독박을 씌우는 방법은 간단했다.

현장에 오빠라는 인간이 들이닥쳐서 겁을 주는 것이다.

경찰에 가 봐야 꽃뱀이라고 의심할 뿐이니 그냥 건장한 남자들이 강간 운운하면서 겁주는 것이다.

결국 대부분의 사람들은 경찰서에 가기 싫다는 두려움과 건장한 사내들의 협박에 못 이겨서 합의하고 만다.

'단독 범행은 아닌 것 같아.'

소위 꽃뱀이라는 것도 여러 종류가 있다. 그런데 여자가 단독적으로 하는 경우도 있지만 상당수 경우는 남자가 끼어 있다.

물론 입증 책임이 바뀌면서 전보다 여자에게 유리하게 되었지만 그래도 여러 가지 이유로, 즉 보호나 기존에 있던 관계 등으로 인해 남자가 끼어드는 경우가 많다.

"합의했다는 증거가 필요합니다."

"그걸 증명할 수 있으면 제가 여기 있겠습니까? 흑흑흑."

방문성은 머리를 부여잡고 울었다.

'아, 진짜 돌겠네.'

그나마 차분하고 머리가 돌아가는 사람은 어떻게 해서든 기억을 더듬을 것이다.

그런데 방문성은 그런 타입이 아니었다. 일이 터지면 말 그대로 멘붕이 오는 타입.

'이런 타입은 도움이 안 되는데.'

질질 짜고 울고불고하기만 하지, 제대로 기억을 더듬는 타입이 아니다. 그러니 사건을 돌아볼 수도 없다.

"알겠습니다. 이쯤에서 그만하지요."

"변호사님, 제발…… 저 좀 꺼내 주세요. 네? 제발요. 원하시는 건 뭐든 드리겠습니다. 제발요."

매달리는 방문성을 보면서 노형진은 혀를 끌끌 찼다.

줄 게 있을 리 없다.

돈이 없어서 국선 변호를 요청한 그다. 애초에 돈이 있으면 돈을 주고 합의했을 것이다.

아직은 강간은 친고죄니까.

"알겠습니다."

노형진이 울고 있는 그를 두고 바깥으로 나오자 기다리고 있던 손채림이 다가왔다.

"어때?"

"저 인간은 강간할 깜냥이 못 돼."

"깜냥?"

"그래."

저렇게 일이 터지면 소위 말하는 멘붕이 오는 사람들의 특징은, 겁이 엄청나게 많다는 것이다.

대부분의 사람들은 초반에 멘붕이 와도 거기서 벗어나서 사건을 판단하려고 한다.

그런데 그는 그런 게 아니다. 처음부터 지금까지, 이야기가 나오기만 하면 그냥 감정을 통제하지 못하고 울어 젖힌다.

"저런 타입은 무서워서 위법도 못 해. 아마도 길바닥에 껌 종이 하나도 못 버릴 위인일걸."

"소위 말하는, 법 없이도 살 사람이라는 거지?"

"좋게 말하면 그렇고, 나쁘게 말하면 그냥 바보."

사람들은 착한 사람들을 법 없이도 살 사람이라고 말한다. 하지만 노형진은 그 표현을 좋아하지 않는다. 그건 좋게 표현한 것뿐이기 때문이다.

"하여간 저런 성격으로는 절대로 강간은 못 해."

"하지만 증거가 없잖아?"

"알아. 하지만 그 덕분에 길을 찾았어."

"엥?"

이 상황에서조차 길을 찾았다는 말에 손채림은 깜짝 놀랐다.

그녀가 본 것은 그냥 살려 달라고 울고불고하는 방문성의 모습뿐이었기 때문이다.

심지어 담당 경찰조차도 계속 울고불고하는 그 때문에 진술서를 쓰는 시간이 평소보다 네 배가 넘게 걸렸다고 투덜댔다. 그런데 길이라니?

"어떤 길? 뭐라도 말한 게 있는 거야?"

"말한 건 없지만 성격의 문제지."

"성격?"

"그래. 자기는 지금 감정이 통제되지 못해서 그게 얼마나 중요한지 모르는 것 같지만."

"뭔데?"

"저런 타입은 애매한 관계에서는 절대로 잠자리 안 해."

"그게 뭔 소리야? 섹스는 결혼하고 나서, 같은 거야?"

"비슷하지. 둘 사이에 어떤 확신이 성립되었을 때는 관계를 맺겠지만, 겁이 나서 확신이 서지 못한 상황에서는 손잡는 것도 조심스러운 타입이야."

"그런데?"

"그 말은 그 강간이 벌어지고 난 시점에 그 둘의 관계가 정리되었다는 거지. 아마도 정식으로 교제한다거나."

손채림은 고개를 갸웃했다.

그랬다는 이야기가 없었기 때문이다.

물론 멘탈이 붕괴되어서 이야기하지 않았을 수도 있다.

문제는, 그렇다고 해서 해결책이 있는 것도 아니라는 점이다.

"그렇다고 쳐. 그런데 증명을 어떻게 할 건데? 결국 원점 아냐?"

합의하에 성관계를 한 것도 증명 못 하는데 사귀는 걸 어떻게 증명한단 말인가?

"그건 증명할 수 있을 것 같은데?"

"응?"

"내 친구 중에 저런 타입이 있거든. 그 녀석이 얼마나 준비성이 쩌는데."

"준비성?"

"그래."

저렇게 겁이 많은 타입은 일이 잘못되는 것에 대해 무척이나 걱정을 많이 한다. 그래서 그에 대비하기 위해 여러 가지를 많이 준비한다.

그건 단순히 업무뿐만이 아니라, 사람의 관계에서도 마찬가지다.

"저런 타입의 인간들은 그냥 '우리 사귈래요?' 같은 짓은 안 해."

저들은 거절을 두려워하기 때문에 상대방에게 최대한 조심스럽게 접근한다. 그래서 거의 청혼에 준하는 준비를 하기도 한다.

"최소한 꽃 같은 걸 준비해서 움직였을걸."

"아!"

그렇다면 그의 카드 내역이 남아 있을 가능성이 있다.

그리고 그걸 찾아내면 서로 사귀는 사이라는 증명을 할 수 있을지도 모른다.

"자, 빨리 움직이자고. 우리 의뢰인이 구치소에 더 있다가는 아예 미쳐 버릴 것 같으니까."

노형진은 정신적으로 약한 방문성을 생각하고는 걱정에 마음이 다급해졌다.

⚖️

"이분요? 확실히 왔지요."

직원은 사진을 보고 고개를 끄덕거렸다.

"언제죠?"

"한…… 한 달 전?"

그렇다면 대충 사건 직전이다.

직원은 사진을 돌려주면서 말했다.

"용케도 기억하시네요?"

"무려 두 시간이나 반지를 골랐다니까요. 아니, 비싼 것도 아니고 100만 원짜리 하나 고르는데 그렇게 오래 걸리다니."

"쩝."

그에게는 상당히 비싼 반지일 것이다. 그만큼 고민하면서 골랐다는 뜻이리라.

"반지라……."

노형진은 그의 카드 내역을 확인했다.

그는 잘사는 사람이 아니다. 당연히 뭔가를 준비했다면 기록이 남아 있을 거라 생각했다.

그리고 이곳 쥬얼리 숍에서 6개월 할부로 카드를 긁은 것을 찾아냈다.

"그 기록, 찾을 수 있나요?"

"매출 기록이야 있지만 CCTV는 없을걸요. 이미 보관 기간이 지나서요."

"끄응…… 알겠습니다."

노형진은 그렇게 말하면서 바깥으로 나왔다.

"불쌍하다. 착한 사람 같은데."

손채림은 함께 나오면서 혀를 끌끌 찼다.

무려 두 시간이나 고민해서 반지를 사다 바쳤는데 상대방이 꽃뱀이라면 얼마나 슬프겠는가?

"원래 세상은 착하게 살면 손해야."

진심을 담아서 접근한 결과는 대부분 좋은 결과를 보여 주지 못한다.

진심은 절반 이상 보여 주지 않는 것이 세상을 잘 사는 방법이라는 게 슬픈 현실.

"그나저나 이제 어쩔 거야?"

"일단 무고의 가능성은 아주 높아졌어. 그러니까 정식으로 재판에 들어가야지. 내가 부탁한 건 어때?"

"지금 대부분 준비가 끝났어. 그다지 어렵지 않던데?"

"무고는 치밀한 범죄는 아니거든."

노형진은 피식 웃으면서 말했다.

"무고를 거는 녀석들의 특징은 사건이 법원에서만 벌어진다고 생각하는 거야."

그러나 사건은 법원에서만 벌어지는 게 아니다.

사건은 현장에서 벌어지며, 또 그걸 벌이는 것은 인간이었다.

"결국은 인간이 문제지. 후후후."

⚖

노형진은 눈을 돌려서 자신의 옆에 있는 방문성을 바라보았다.

'에효.'

얼마나 운 건지 얼굴이 개판이었다.

눈은 퉁퉁 붓었고 얼굴은 멍했다. 영혼이 반쯤 나가 있는 듯했다.

"피고인 방문성, 출석 안 했습니까?"

몇 번 그를 부르던 직원이 다시 묻자 노형진은 정신이 나간 그를 대신해서 대답했다.

"여기 출석했습니다."

직원은 잠깐 방문성을 보더니 혀를 끌끌 차고는 고개를 끄덕거렸다.

척 봐도 얼굴부터가 대답할 상황은 아니라는 게 드러났기 때문이다.

"개정하겠습니다."

그렇게 시작된 재판.

검사는 공소장을 읽기 시작했다.

"피고인 방문성은 피해자 윤연미의 직장 동료입니다. 그는 ○○월 ○○일. 피해자 윤연미에게 술을 먹여서 주취 상태로 만들고 '로열 크라운'이라는 모텔로 데려가서 강간하였습니다. 윤연미는 주취 상태에서 저항하지 못하였으며, 그의 오빠인 윤연석이 들어오지 않는 동생을 걱정하여……(중략)……그 범죄 사실이 확실한 바, 피고인에게 징역 7년을 선고하는 바입니다."

7년이면 긴 시간이다. 물론 판사가 어느 정도 감형은 하겠지만 말이다.

노형진은 방문성을 바라보았다.

하지만 방문성은 아무런 반응도 없었다. 여전히 영혼이 나간 듯 보였다.

'이거참…… 다행이라고 해야 하나.'

정신이 나가서 아무 소리도 못 들은 것이다. 만일 들었다면 울고불고 난리가 났을 텐데.

'차라리 다행이다.'

그러면 제대로 재판하는 것도 쉽지 않기 때문에 노형진은 다행이라고 생각하면서 변론을 시작했다.

"친애하는 재판장님, 그날 있었던 관계는 서로 합의하에 벌어진 것입니다. 피고인 방문성은 피해자라 주장하는 윤연미와 함께 술을 먹었고 그 과정에서 양자 합의하에 관계를 맺었습니다. 지금 방문성 씨의 상태를 보십시오. 방문성 씨는 그 사건으로 인해 이렇게 충격을 받아서 대답하지 못할 정도로 정신이 나갔습니다. 이런 사람이 과연 강간을 할 수 있을까요?"

"과연 그럴까요? 제가 수많은 사건을 담당했지만 자신이 강간했다고 실토하는 강간범은 보지 못했습니다. 그들은 모두 관계가 합의하에 이루어졌다고 주장했습니다."

검사는 코웃음을 치면서 말했다.

맞는 말이다. 스스로 반성하면서 인정하는 강간범은 극히 드물다.

"아니면 피고인 측 변호인은, 피고인이 주취 중에 실수로 저질렀다고 주장하시는 겁니까?"

검사는 마치 미리 막아야겠다는 식으로 노형진의 공격을 방어했다.

'그럴 수도 있지.'

합의했다고 하면 무죄다.

하지만 그게 여의치 못한 경우 다음 방어 방법은 술을 먹고 실수했다고 하는 것이다.

한국은 주취 범죄에 대해서는 상당히 경감해 주다 보니 이런 범죄에서 꼭 나오는 변론 중 하나니까.

'난 주취라고 주장할 생각이 없는데.'

물론 노형진은 그걸 주장할 생각이 없었다. 무죄를 확신하니까.

"재판장님, 애초에 둘이 합의했다는 증거로 그날 계산했던 영수증을 제출합니다. 보다시피 피고인 방문성 씨가 모두 계산했습니다. 이는 일반적으로 남녀 관계에서 호감이 있는 쪽이 계산한다는 일반적 상식에 따른 것입니다."

"그게 증거가 되지는 않습니다. 도리어 그게 강간의 증거는 될 수 있겠네요. 상대방에게 호감을 가진다는 것 자체가 강간의 의사가 될 수 있으니까요."

'뭔 개소리야?'

노형진은 검사를 보면서 혀를 끌끌 찼다.

그렇다면 대한민국의 거의 모든 남성은 잠재적 강간범이 되다는 소리다.

이성에게 호감을 한 번도 가지지 않은 남자가 과연 얼마나 될까?

"다른 증거를 제출합니다. 근무하던 회사 직원들의 진술서입니다. 그들은 피해자가 절대로 이런 범죄를 저지를 사람이 아니라는 것을 인정했습니다."

"그건 그들의 생각이지요. 사건은 벌어졌고, 그들은 사건 현장에 없었지 않습니까?"

너무나 뻔한 변론이 나오자 검사는 마치 안심된다는 듯한 표정으로 말했다.

사실 그 역시 노형진에 대해 들어 봤다. 다른 사람도 아닌 노형진이 국선 변호를 한다는 소리에 깜짝 놀라기는 했지만 그만큼 걱정되기도 했다.

'그런데 진짜 대충이네.'

국선 변호라는 것이 돈이 되는 게 아니다 보니 대부분의 변호사들은 대충 하는 성향이 강하다.

'그렇겠지. 노형진쯤 되는 변호사가 왜 이걸 하겠어. 어쩔수 없이 하는 것이겠지.'

그렇다면 당연히 대충 할 수밖에 없다. 하고 싶어서 하는 게 아니니까.

물론 노형진은 다른 이유 때문에 이렇게 하는 것이다.

'왜 이렇게 안 오는 거야?'

원래는 반박할 다른 증거가 일찍 나왔어야 했다. 그런데 그 증거가 아직 도착하지 않은 것이다.

'그냥 다음 변론 기일을 잡아야 하나.'

그것도 방법이다.

문제는 방문성이다.

지금 방문성은 며칠 사이에 말 그대로 정신이 하늘하늘 붕괴되고 있는 상황.

이런 상황에서 그를 구치소에 길게 둘 수는 없다. 그는 너무나 마음이 약했다.

벌컥.

그 순간 문이 열리면서 한 사람이 들어왔다.

사람들의 시선은 헉헉거리면서 안으로 들어오는 그에게 온통 쏠릴 수밖에 없었다.

"어, 흠…… 죄송합니다."

손채림은 순간 시선을 느끼고는 움츠러들었다가 재빨리 노형진에게 다가왔다.

"왜 이렇게 늦은 거야?"

"막판에 약간 트러블이 있었어. 하여간 구했어."

"땡스."

노형진은 그녀가 건네는 서류를 받아 들었다.

그걸 본 검사는 약간 움찔했다.

노형진이 받아 든 서류가 이번 사건의 관련된 것이라는 것을 예상하는 건 어렵지 않으니까.

'자, 그러면 본격적으로 해 볼까.'

물론 이 서류에는 노형진이 예상하던 것이 있을 것이다.

그러나 법원에서 '예상'을 주장할 수는 없다. 그러니 증거가 나오기를 기다릴 수밖에.

"재판장님, 저는 이번 사건에서 의심을 지울 수 없습니다."

본격적으로 시작된 노형진의 변론.

"첫째, 이번 사건에서 피해자를 발견한 방식입니다. 피해자의 현장에서의 신고도 아니고 피해자의 위치를 추적한 오빠가 사건 현장까지 쫓아가서 발견했다니, 말도 안 됩니다."

"그게 뭐가 말이 안 된다는 건가요? 여동생이 걱정되면 오빠가 그럴 수도 있지."

검사의 말에 노형진은 씩 웃었다.

"검사님은 여자 형제가 없으신가 보군요."

"네?"

"혹시 형제나 자매가 있나요?"

"형님이 계십니다만."

"만일 형님이 검사님의 핸드폰에 추적 앱을 깔겠다고 하면 뭐라고 하실 건가요?"

검사는 얼굴을 찌푸렸다. 미치지 않고서야 그런 짓을 허락

할 리 없지 않은가?

그러고 보니 그렇다.

그냥 상식적으로 그럴 수도 있겠구나 생각하면 있을 수 있는 일이지만, 반대로 자신의 입장에서 생각하면 말도 안 되는 일이기 때문이다.

"저에게는 남매가 있습니다. 누님이 계시지요. 만일 제가 누님 핸드폰에 위치 추적 앱을 깔려고 했다면 누님은 절 죽이시려고 하실 겁니다."

"흠."

판사는 왠지 수긍한 얼굴이 되었다.

"확실히 이상하기는 하군요."

판사도 남매였던 것이다.

그도 여동생이 있는데 사이가 데면데면하지, 위치를 추적하고 감시(?)할 정도로 걱정하지는 않는다.

"그건 관계에 따라서 달라지는 것입니다. 일반적인 관계를 모두에게 공통적인 관계로 판단할 수는 없습니다. 자신의 가족에게 애정을 강하게 가지고 있는 사람도 있을 수 있으니까요."

검사는 재빨리 말했다.

일반적인 상식과는 다소 다르다 해도 특수한 경우가 있을 수 있다고 말이다.

확실히 상식은 일반적인 경우를 뜻하지, 특수한 경우까지 모두 포용하지는 않는다.

"알겠습니다. 그러면 두 번째 의문점이 생깁니다."

"의문점?"

"재판장님, 여기 그 증거로 주민등록 기록을 제출하는 바입니다."

"기록?"

뜬금없는 주민등록 기록에 검사와 재판장은 어리둥절했다.

사실 이걸 구하느라고 시간이 오래 걸린 것이었다.

"재판장님, 이 기록에 따르면 윤연석의 집은 서울시 강동구 성내동입니다. 그리고 피해자인 윤연미의 집은 서울시 강동구 길동이지요."

"그래서요?"

"여동생이 늦게까지 집에 들어오지 않아서 추적했다고 했는데, 이 주소지에 의하면 그건 말이 안 되지 않습니까? 애초에 사는 집이 다른데."

검사는 아차 싶었다.

확실히 서로 다른 곳에 사는데 동생이 집에 들어가지 않은 것을 어찌 알고 추적한단 말인가.

그러나 그냥 물러날 수는 없는 법.

"다른 방법으로 알 수도 있지요. 집에 전화했다거나……."

"윤연미 씨 댁에는 집 전화가 없습니다. 핸드폰뿐이지요."

"핸드폰으로 전화했다거나……."

"그럴 수도 있지요. 확실히 그럴 수도 있습니다."

노형진은 고개를 끄덕거렸다.

그러나 검사는 그런 노형진의 행동에 도리어 불안해졌다.

"그런데 요즘은 전화 한번 해 보고 통화가 안 되면 바로 상대방을 위치 추적하는 모양입니다?"

"그건……."

"그런 건 보통 스토커라고 하지 않나요?"

"……."

할 말이 없었다.

보통 전화해서 안 받으면 그러려니 하는 게 사람들이다.

하물며 학생도 아니고 일반인, 그것도 다 큰 동생이라면 전화 한번 안 된다고 안절부절못하면서 위치 추적까지 하지는 않는다.

"그거야…… 특수한 애정 관계가 있다면야."

"특수할 수도 있겠지요."

노형진은 피식 웃었다.

"그런데 이상한 점이 있습니다. 재판장님, 여기 피해자 윤 연미의 통화 내역을 제출합니다. 여기에 윤연석이 전화를 한 기록은 없습니다."

"큭."

이건 생각지도 못한 일이었다.

전화 기록이 있어야 상대방이 전화로 안부를 물었다는 증 거가 된다. 그런데 그게 없다니.

'있을 리 없지.'

만일 노형진의 예상대로라면 있을 수가 없다.

"집으로 직접 가서 확인했을 수도 있지요."

검사는 말을 하면서도 아차 싶었다. 서류만 보고 판단하다 보니 이런 초보적인 실수를 한 것이다.

"이거참……."

판사는 그걸 보고서 기분이 묘했다.

그럴 수밖에 없는 게, 검사가 마치 상대방에 대한 변호사가 된 느낌이었기 때문이다.

사실 그럴 수밖에 없었다.

무고 아니면 강간이라는 특성상, 피고인 측의 무고 공격에 대한 반론은 피해자 측의 방어일 수밖에 없으니까.

"그건 나중에 확인해 보도록 하겠습니다. 재판장님, 저는 다른 증거를 제출하고자 합니다."

"다른 증거?"

"윤연석의 전과 기록입니다."

검사는 또 한 번 아차 싶었다. 설마 윤연석에게 전과가 있으리라고는 전혀 예상하지 못한 것이다.

물론 그는 당사자가 아니다. 하지만 전과가 있는 증인의 신빙성은 확 떨어진다.

"윤연석의 전과는 다음과 같습니다. 공갈 2회, 협박 1회, 절도 1회."

"크흠……."

절도야 과정이 다르다고 하지만 공갈과 협박은 명백하게 무고와 쉽게 엮이기 쉬운 죄목이다. 지금과 같은 경우에는 더더욱 말이다.

"과연 이런 증인의 증언이 신빙성이 있을까요?"

"재판장님, 그건 그의 범죄 기록이 맞는지 확인해 볼 수는 있습니다. 하지만 그렇다고 해도 동생을 이용해서 이러한 범죄를 저지른다는 것은 이해하기가 힘듭니다."

"흠……."

판사는 잠시 고민했다.

확실히 노형진의 의심도 합리적이지만, 검사의 말대로 동생을 이용해서 범죄를 저지른다는 것도 말이 안 된다.

"아무래도 양측 다 추가로 확인할 정보가 많은 것 같군요. 다음 기일을 잡도록 하겠습니다. 추가로 확보한 정보에 대해 확인하고 제출하여 주시기 바랍니다."

판사는 아무래도 서로의 증거를 분석해야 한다고 생각했는지 일단은 정회를 요청했고, 그렇게 첫 번째 재판은 간단하게 끝났다.

⚖️

"왜 이렇게 일찍 끝낸 거지?"

"뭐, 검사랑 친한 모양이지."

변호사와 다르게 검사와 판사는 함께 일한다고 봐도 무방하다. 그러니 대부분의 경우 검사에게 살짝 유리하다고 해도 할 말은 없다.

"약간의 친절 정도이니 그건 어쩔 수 없어."

노형진은 사건 기록을 살피면서 말했다.

"그나저나 그러면 이제 어떻게 되는 거야? 그냥 계속 진행?"

"아니, 한 가지 확인해야 할 게 있어."

"뭐?"

"검사가 바른말을 한 것이 있지."

"어떤 거?"

"동생을 이용해서 범죄를 저지르는 놈은 많지 않다는 거."

노형진은 그렇게 말하면서 기록을 덮었다.

"확실히 가족 단위의 범죄 조직은 드물어."

물론 아예 없는 것은 아니다. 하지만 그건 극히 드물다.

가족 단위로 범죄를 저지르는 것은 대부분 보험 등의 경우이지, 이런 경우는 드물다.

"그러니 이해가 안 되는 거야."

"그런가?"

"그래. 기존 사건 기록을 봐도 강간 현장에서 오빠니 어쩌니 하는 녀석들은 대부분 타인이야."

그런데 이번 사건은 그게 아니었다. 진짜 친오빠다.

전과가 있기는 하지만 친오빠인 것은 부정할 수가 없으니 말이다.

'흠······.'

노형진은 고민하다가 자리에서 벌떡 일어났다.

"고민이 된다면 발로 뛰면 되는 거지."

"어쩌려고?"

"어쩌긴. 가 봐야지."

"가 봐? 어딜? 집?"

"그래, 집."

이미 비어 버린 집에 가 보겠다는 노형진의 말에 손채림은 어리둥절할 수밖에 없었다.

⚖

"여기가 집이야?"

"과거의 집이라고 봐야지."

노형진은 히죽 웃으면서 말했다.

확실히 집은 집이다.

"부모님을 찾아오는 건 좀 아니잖아?"

손채림은 걱정스럽게 말했다.

사건을 이야기하러 부모님을 찾아온다는 것은 진짜 말도 안 되기 때문이다.

"그래서 이상한 거야."

"응?"

"너, 지난번 재판할 때 부모님 온 거 봤어?"

"아니."

"내가 숱하게 강간 사건을 봤지만 재판하는데 부모가 오지 않은 경우는 처음이다."

"응?"

"딸이 강간당했어. 속에서 열불이 터지고 상대방을 죽여 버리고 싶은 게 부모야. 더군다나 그 꼴을 다른 사람도 아니고 오빠가 봤어. 그런데 부모가 재판정에도 오지 않는다? 아무리 피해자가 할 말이 없는 형사재판이라고 해도, 그건 아니지."

이런 개인적이고 심적인 타격이 큰 사건에는 부모들이 끼어들 수밖에 없다. 그런데 정작 그 재판에 부모가 오지 않았다.

"그러고 보니 이상하네."

손채림도 변호사는 아니지만 방청은 할 수 있다. 그리고 여러 번 방청했는데, 이런 사건류는 무조건 부모가 와서 방청을 한다. 그런데 없었다.

"그래서 이상하다는 거야."

"혹시 부모가 충격을 받는다거나 그럴까 봐 이야기 안 한 거 아냐?"

"그럴 수도 있지. 부모님의 안위를 걱정해서 안 했을 수도 있어."

충분히 그럴 가능성이 있다.

그런 소리를 듣고 충격에 쓰러지는 사람도 없는 것은 아니
니까.

"그래서 여기 온 거야."

"뭐?"

"우리는 윤연석을 본 적이 없으니까."

"응? 그게 무슨 소리야? 우리가 본 증인은 뭐야? 사진도
봤고, 재판정에서도 봤잖아?"

"윤연석을 보기는 했지. 하지만 윤연석이라고 주장하는
사람인 거지."

손채림은 뭔가 알아차렸다.

"설마 가짜라고 생각하는 거야?"

"그럴 수도 있지."

실제로 오빠가 있긴 할 것이다. 없는 사람을 만들 수는 없
으니까.

그러나 그게 정말로 그라는 증거는 오로지 주민등록번호
뿐이다.

"그러니 진짜 그라는 존재를 증명해야지."

"그래서 찾아가서 물어보겠다고?"

"아니. 그랬다가 부모가 쓰러지면 전혀 다른 문제가 되거든."

노형진이 가장 싫어하는 행동 중 하나가 강간 사건에서 합

의를 받아 내기 위해 가족을 억압하는 것이다.

"그런데?"

"그래서 도움을 좀 요청했지."

"도움?"

"그래."

저 멀리 오는 봉고를 보면서 노형진은 씩 웃었다.

"자, 웃어요. 스마일."

"컷! 선생님, 그렇게 어색하게 웃으면 안 돼요."

감독의 말에 교감은 헛기침을 했다.

"험험…… 죄송합니다."

"자, 다시 가겠습니다."

촬영이 진행 중인 학교.

카메라에 조명에 모든 게 다 있다. 그리고 아이돌도 한 명.

아니, 아이돌이라고 주장하는 한 명.

"헐."

"왜, 틀린 말은 아니잖아?"

"엄밀하게 말하면 틀린 거지. 유소미는 지망생이었지, 아이돌은 아니었잖아?"

"알 게 뭐야? 저 나이대 선생님들이 그걸 알 것 같아?"

"하긴……."

손채림은 고개를 끄덕거렸다.

정보 팀 출신의 유소미는 원래 아이돌 지망생이었다. 그러나 이런저런 사정으로 여기로 흘러들어 왔다.

그렇다 보니 방송인 것처럼 아주 자연스럽게 행동하고 있었다.

거기에다 지망생 출신이니 외모도 되고 여기 있는 사람들은 아이돌에 관심이 없는 사람들이니 그녀의 존재에 대해 이상하게 생각하는 사람이 없었다.

"우리가 가서 보여 달라고 하면 보여 줄까?"

"그러지 않겠지."

이곳은 남자 고등학교다, 윤연석이 졸업한 것으로 되어 있는.

"우리는 윤연석의 나이와 생일을 알아. 그리고 어느 학교를 나왔는지도 추적할 수 있지."

문제는, 가서 보여 달라고 해도 학교에서는 보여 주지 않으리라는 것.

정보 팀의 정보 라인이 있는 곳이라면 빼낼 수 있겠지만 이런 시골 학교에 그런 게 있을 리 없다.

"하지만 방송이라면 다르지."

"그냥 인터넷을 구하는 게 빠르지 않아?"

"이런 시골의 학교에는 졸업자가 많지도 않아서 인터넷이라고 구할 수 있는 게 아니야."

이것이 법이다

방송에서 옛 첫사랑을 찾는다는 식으로 나와 버리면 어지간한 학교는 방송을 허가해 준다.

"좋습니다. 이제 앨범을 확인하지요."

미리 준비한 정보 팀은 능숙하게 방송국 사람처럼 행동했다. 그리고 유소미 역시 능숙하게 기대에 찬 모습을 보여 줌으로써 앨범을 볼 수 있게 했다.

"윤연석이라고요? 그러면 이 사람이네요."

교장은 진짜로 방송인 줄 알고 사진을 콕 찍어서 카메라로 밀어 줬다. 카메라는 그 사진을 줌업하면서 촬영했다.

좀 떨어진 곳에 있던 노형진은 빙긋 웃었다.

"빙고."

그곳에는 역시나 자신이 전혀 모르는 사람의 얼굴이 있었다.

"전혀 다른 사람입니다."

사진을 가지고 분석한 고문학은 확실하게 못을 박았다.

"동일인일 수가 없어요."

"역시나 그렇군요."

동생을 데리고 범죄를 저지르는 경우는 드물다. 하지만 각자 다른 범죄에 연루되는 경우는 드물지 않다.

한 명이 범죄자가 된다는 것은 그 집안 상태가 그다지 좋지는 못하다는 건데, 그건 다른 사람 역시 범죄에 쉽게 노출이 된다는 것을 의미하기 때문이다.

"아마도 사건을 위해 진짜 오빠의 신분을 빌린 것이겠지요."

"하지만 왜?"

"그래야 신빙성이 있으니까."

뜬금없는 사람이 증인으로 나서는 것보다는, 확실히 오빠라는 존재가 더 신빙성이 있고 불쌍해 보인다.

"그러면 지금 오빠라고 주장하는 새끼는 뭐야?"

"나야 모르지, 알 필요도 없고. 중요한 것은 그가 오빠가 아니라는 거야."

그리고 그렇다는 것은, 확실하게 이 사건이 돈을 노린 꽃뱀 사건이라는 뜻이다.

"하지만 그래도 이상한 점이 있잖아?"

"어떤 거?"

"이 둘은 어떤 관계인 거야?"

"글쎄⋯⋯."

노형진은 그 부분이 이상했다.

일단 남자가 누군지 모르는 것은 사실이다. 그건 나중에 알아 가면 된다.

문제는 서로 어떤 관계이냐는 것.

"뭐, 범죄 커플 같은 건가?"

"범죄 커플?"

"그래, 사건을 벌이고 도망 다니는 그런 녀석들."

"그런 것 같지는 않은데."

그랬다면 자신들의 조사에 뭔가 걸렸어야 한다. 그러나 두 사람은 아무것도 안 걸렸다.

정확하게는, 윤연미는 아무것도 안 걸렸다. 남자는 신분을 모르니까.

"이런 사건을 보통 아무하고나 하는 거야?"

"그럴 리 없지. 세상천지에 어떤 멍청한 사람이 아무하고 나 범죄를 저지르냐? 거기에다가 오빠 신분까지 빌려줘 가면서? 그런 거면 미친 거지."

"그런가?"

"거참……."

손채림은 어리둥절한 얼굴이 되었다.

그녀의 입장에서는 이 상황이 이해가 안 가기 때문이다.

"아니, 이런 사건을 저지른다는 것 자체가 그 사람이 범죄에 대한 죄의식이 희박하다는 거잖아? 그런데 남자야 어떤 새끼인지 모른다고 치고, 여자는 왜 그렇게 범죄에 대한 죄의식이 없지?"

"그게 이상한 거야. 보통 어쩔 수 없이 한 거라면 최소한의 죄의식이라도 보여야 하는데 그런 게 없단 말이지."

"죄의식이라……."

남자의 신분이 모호하니 어떻게 끼워 맞춰도 상황이 맞지 않는다.

"그 여자, 돈도 많던데 도대체 왜 이런 짓을 한 건지."

"뭐?"

노형진은 순간 고개를 갸웃했다.

"그게 무슨 소리야, 돈이 많다니?"

"어, 몰랐어?"

"내가 그 여자 계좌를 털고 다니는 것도 아니고, 어찌 알아?"

"그 여자 들고 있는 가방 말이야, 비싼 거야. 사건 현장에 가지고 갔던 것도 그렇고."

"무슨 짝퉁이겠지."

손채림이 피식 웃었다.

"짝퉁의 가치가 뭔지 알아?"

"뭔데?"

"남이 알아야 한다는 것."

"응?"

"짝퉁은 남이 알아야 가치가 있다고."

"그게 무슨 소리야?"

"말 그대로야."

짝퉁, 즉 가짜를 들고 다니는 심리는 간단하다. 남에게 자랑하고 싶은 것이다.

설사 자신이 가짜라는 것을 안다고 하더라도 남이 이걸 진짜로 알고 부러워한다면 된다는 감정.

그게 짝퉁을 사는 기본적인 마음이다.

"당연히 짝퉁은 사람들에게 널리 알려진 디자인들이 많다고."

"그런데?"

"그 여자가 든 건 한정판 디자인이야. 600만 원이 넘을걸."

"응? 한정판?"

"그래. 아는 사람만 안다고."

한정판은 극소량만 만들어져서 판매되는 것이다.

당연히 일반적인 사람들은 그런 디자인이 있는지도 모른다. 그러니 들고 다녀도 진짜인지 가짜인지 관심도 없다.

즉, 짝퉁을 드는 사람의 목적이 외부에 대한 허영이라면, 한정판을 드는 사람의 목적은 자신의 욕망의 충족이다.

"그게 짝퉁이 없어?"

"없다니까."

그녀의 집안은 살 만큼 사는 집이다. 지금이야 나와서 산다고 하지만 여전히 그쪽으로 관심이 있는 게 사실이다.

그러니 그녀의 말이 맞을 것이다.

"흠……."

노형진은 조금씩 퍼즐이 맞춰지기 시작하는 것을 느꼈다.

"다음 재판은 상당히 재미있을 것 같은데?"

노형진은 왠지 설레는 듯 미소를 지었다.

"개정합니다."

재판이 다시 시작되자 검사는 자신만만하게 앞으로 나섰다.

"재판장님, 증언이 부족한 점을 모두 확인했습니다. 집에 가서 문을 두들겼는데 반응이 없어서 추적했답니다."

'당연한 거 아냐? 그때 방청석에서 듣고 있었는데.'

노형진은 검사가 자신만만하게 말하자 어이가 없어서 속으로 웃음이 나왔다.

사실 문제는 그가 아니었다.

"진짜로 이길 수 있는 거죠?"

"이긴다니까요."

"전 거기 다시 가기 싫어요. 차라리 죽을래요."

"안 갑니다."

완전히 멘붕이 온 방문성이 문제일 뿐이었다.

이길 수 있다는 말에 더해 구치소로 돌아가지 않게 해 주겠다는 말만 족히 백 번은 한 것 같았다.

'이런 인간이 강간?'

노형진은 혀를 끌끌 찼다.

저들이 돈 때문에 일을 저지른 건 알겠는데, 여러모로 상대를 잘못 골랐던 것이다.

"또한 전과 부분 역시 인정했습니다. 하지만 동생에 대한 애정은 변하지 않는다고 하더군요."

"답변이 된 건지 모르겠군요. 피고인 측, 더 할 말이 있나요?"

"그렇습니다."

노형진은 앞으로 나섰다.

"확실히 그들의 답변이 이번 사건에서 이해를 더욱 높여 주기는 했습니다. 하지만 저희 역시 몇 가지 이해할 수 없는 부분이 있습니다."

"어떤 부분이지요?"

"저희는 검사 측에서 제출하지 않은 동영상을 확인했습니다."

"동영상?"

"그렇습니다. 검사 측은 강간의 증거로 주취 상태의 피해자를 모텔로 데리고 들어가는 피의자 방문성의 모습이 담긴 영상을 제출했습니다."

이것이 법이다

"그렇지요."

모든 모텔에는 입구에 CCTV가 있다. 그리고 이런 경우 그게 가장 강력한 증거가 된다.

그 증거에 따르면, 분명히 방문성은 그녀를 데리고 모텔로 향했다.

"하지만 그다음 순간에 대해서는 제출하지 않았습니다."

"다음 순간?"

"그 부분을 제출하고자 합니다."

노형진은 제출한 후 노트북으로 그 부분을 재생했다.

"보다시피 피해자 윤연미의 오빠인 윤연석이 모텔에 들이닥칠 때의 장면입니다."

"그게 무슨 의미가 있다는 거지요? 동생을 찾아왔다는 가장 확실한 증거인데요."

검사는 어이가 없다는 듯 물었다.

그럴 수밖에 없는 게, 잔뜩 화가 난 윤연석이 분노한 모습으로 계단을 뛰어올라 가는 모습이 보였기 때문이다.

"아직 안 끝났습니다. 계속 봐 주시기 바랍니다. 다만 편의를 위해 편집한 점, 양해 부탁드립니다."

화면이 바뀌면서 윤연석이 엘리베이터로 올라타는 것이 보였다. 그리고 그 후에 복도를 내달려서 어떤 방 앞에서 미친 듯이 문을 두들기는 것이 보였다.

"이게 뭐가 문제라는 거지요? 화가 난 모습만 보입니다만."

판사는 고개를 갸웃했다. 정상적인, 화가 난 오빠의 모습이 보였기 때문이다.

"재판장님, 여기에는 한 가지 중요한 과정이 빠졌습니다."

"과정?"

"그렇습니다. 모텔의 카운터에 들르는 것이지요."

"동생이 강간당하는 상황에서 그럴 틈이 어디 있습니까?"

검사는 어이없다는 듯 물었다.

하지만 그가 추적 앱의 특성을 몰라서 하는 소리였다.

"계산하라는 게 아닙니다."

"그게 무슨……?"

"재판장님, 여기 두 개의 핸드폰이 있습니다. 이 핸드폰에는 추적 앱이 깔려 있고 이 다른 핸드폰이 그걸 추적합니다. 이걸 확인해 주시기 바랍니다."

"흠, 확실히 위치가 나오는군요."

자신에게 불리한 증거를 내는 노형진에게 판사는 어리둥절했다.

이런 건 보통은 감추기 마련이다.

"그렇습니다. 위치가 나오지요. 이 법원의 위치가 추적되고 있습니다. 하지만 현재 재판 중인 이 호실은 안 나옵니다."

"뭐라고요?"

"이 앱의 설명에 따르면 이 앱의 오차 범위는 10미터입니다. 그리고 10미터면 이 건물 말고도 옆에 있는 다른 모텔 두 곳 역시 범위 안에 들어갑니다. 중심을 기준으로 10미터니까요. 그리고 오차 범위 10미터는 좌우를 기준으로 따집니다. 고저 차는 읽어 내지 못하지요. 피고인과 피해자가 갔던 모텔은 총 6층짜리 건물입니다. 그런데 피해자의 오빠인 윤연석은 물어보지도 않고 어떻게 정확한 건물에 정확한 호실을 찾아갔을까요?"

검사는 아차 싶었다.

이건 뒤집을 수가 없는 말이다.

이렇게 확실하게 위치를 추적해 주는 앱은 없다. 더군다나 호실까지?

"당연히 안에서 강간당하고 있다는 사실을 인지하는 것은 불가능합니다. 설사 예상하고 다급하게 움직였다고 해도, 최소한 어디로 들어갔는지 물어봤어야 합니다. 그러나 윤연석은 카운터에 들어가서 확인 절차를 거치지도 않고 정확한 위치를 알아냈습니다. 어떻게 알아냈을까요?"

"……."

방청석에 있던 윤연석의 얼굴이 사색이 되었다. 그리고 슬쩍 자리에서 일어나려고 했다.

하지만 몸을 일으키는 순간 그 등 뒤에서 무서운 눈빛으로 노려보는 두 사람 때문에 나갈 수가 없었다.

"크흠……."

이건 논리적으로 말이 안 된다.

"그리고 아직 해명되지 않은 사항이 있습니다. 다름 아닌 전화하고 추적했다는 것인데, 전화 기록이 없다는 것이지요."

그게 문제였다.

윤연미의 기록에는 전화 기록이 없다. 집에 가 보니 사람이 없다고 무작정 위치 추적을 했다는 건 말이 안 되는데도 말이다.

"저희는 다른 가능성을 생각했습니다."

"생각?"

"핸드폰이 두 개가 아닐까 하는 생각 말입니다. 즉, 재판부에 진술한 폰 말고 다른 폰이 있을 수도 있다는 것이지요."

"증명할 수 없는 주장은 의미가 없습니다."

검사는 노형진의 의견을 일축했다.

하지만 가슴속 깊은 곳에서는 그 가능성을 인정할 수밖에 없었다.

만일 꽃뱀이고 돈을 목적으로 한 거라면 어떻게 해서든 서로 연락해야 한다. 그리고 아까 전에 노형진이 말했다시피 정확하게 호실을 찾으려면 누군가가 알려 줘야만 한다.

"대포폰에 관해서는 저희로서는 입증할 방법이 없으니 그저 가능성 정도만 생각해 주시기 바랍니다. 이 부분에 대해서는 정확한 수사가 필요하다고 생각합니다. 안 그렇습니까, 검사님?"

노형진이 슬쩍 돌아보자 검사는 얼굴을 찡그렸다.

검사의 본분은 수사다. 거기에 대고 '아니요.'라고 할 수는 없다. 당연히 '네.'라고 하고 수사해야 한다.

"네, 해야지요."

결국 의심되는 부분을 자신이 파고들어야 한다는 것이다.

"그리고 다른 부분에 대해서도 의심스럽습니다. 재판장님, 이 사건에서 강간이 이루어진 후 피해자는 병원에 가서 강간 이후의 검사를 시행했습니다."

피해자가 강간당한 경우, 특히 방금 전에 이루어진 경우 산부인과에서는 질 내에 있는 정자나 기타 유전자를 채취한다.

"그리고 질 내에서 정자가 발견되었지요."

"그게 강간의 가장 강력한 증거 아닙니까?"

"그러니까 이상한 겁니다."

"이상?"

"피해자는 주취 중이라고 했지요? 그래서 기억도 없다고."

"네."

"그래서 이상한 겁니다. 만일 그런 상황이라면 일반적으로 증거를 은폐하기 위해 콘돔을 사용하지 않을까요?"

"다급하니까 안 썼겠지요."

"다급요?"

노형진은 피식 웃었다. 그리고 사진 한 장을 꺼내 들었다.

"재판장님, 이 사진은 검찰 측에서 증거로 제출한 현장의 모습입니다. 사건 직후 바로 촬영되었습니다. 검찰 측, 동의하시지요?"

"동의합니다."

"이 사진에 다급한 기색이 보입니까?"

"네?"

노형진은 붉은색 펜을 꺼내서 천천히 사진에 동그라미를 치기 시작했다.

"첫째, 이 옷을 봐 주시기 바랍니다. 여자의 옷도 남자의 옷도 옷걸이에 단정하게 걸려 있습니다. 일반적으로 강간하는 사람이 옷을 단정하게 정리해서 걸어 두던가요?"

그럴 리 없다.

미처 콘돔도 쓰지 못할 정도로 다급한 사람이 옷을 정리해서 걸어 둘 리 없지 않은가?

"두 번째, 바닥에 있는 이 수건을 봐 주십시오."

"그게 뭐 어때서요? 수건이야 다 비치되어 있는 겁니다."

"그렇지요. 다만, 이 수건은 젖어 있습니다. 이게 무슨 소리냐? 씻었다는 뜻입니다. 일반적으로 모텔은 수건을 네 장 정도 배치합니다. 세 개의 일반 수건과 한 개의 바디 타월이지요. 그리고 이 바닥에는 두 개의 일반 수건과 한 개의 바디 타월이 있습니다. 강간하겠다고 마음먹은 사람이, 그래서 콘돔도 못 쓸 만큼 다급한 사람이 수건을 세 개씩이나 써 가면서 씻을 시간이 있을까요?"

"어……."

무심하게 넘어가던 검사도 그걸 생각을 하지 못한 건지 멍한 얼굴이 되었다.

확실히 그렇다. 세상의 그 어디서도 강간범이 느긋하게 씻었다는 소리는 듣지 못했다.

하지만 사진에 찍혀 있는, 바닥에 떨어진 수건은 확실하게 씻었다는 증거다.

오빠라는 사람이 들이닥친 후 바로 경찰이 떴고 그 후에는 씻을 틈이 없었으니 사전에 씻었다는 증거가 되는 것이다.

"그건 그저 정황증거일 뿐입니다. 이 사건에서 가장 중요한 것은 이 관계가 합의한 것이냐 아니냐입니다. 그리고 피해자는 합의 없이 강제로 당했다고 말했습니다."

이게 중요하다.

웃긴 일이지만 모텔에 가는 것에는 합의했지만 관계는 거부했다고 하면 그건 강간이 되는 것이다.

"그 부분에서 대한 답 역시 이 사진에 있습니다."

"사진?"

"그렇습니다. 이 사진 내부에 있는 이 부분을 봐 주시기 바랍니다."

노형진은 하얀 봉투가 찍혀 있는 부분을 콕 찍었다.

"그게 왜 합의의 증거라는 겁니까?"

"여기 그걸 확대한 사진이 있습니다. 이건 소위 말하는 위생용품이라고 하며, 모텔에서 일반적으로 1천 원을 주고 구입하는 것입니다. 그 안에는 일회용 칫솔과 면도 크림, 면도기, 콘돔 그리고 업소에 따라서 달라지지만 성인용품에 속하는 마취 크림과 머리 끈, 면봉이 들어갑니다."

하나씩 손가락으로 가리키면서 설명하는 노형진.

"그리고 거기에 하나 더 들어가지요. 여성용품인 질 청결제."

"질 청결제?"

"그렇습니다. 그리고 여기에는 그게 없습니다."

"원래 없었을 수도 있지 않습니까?"

얼굴을 확 찡그리면서 주장하는 검사.

확실히 그 안에 무엇을 넣을지 판단하는 것은 그 업주의 책임이지 모든 모텔이 다 동일한 것은 아니다.

"재판장님, 여기 해당 모텔에서 구입해 온 동일한 위생용품을 제출합니다. 동일하게 구입되어서 배치되는 것이기 때문에 당연히 그날도 동일한 제품이 제공되었을 겁니다."

"음……."

노형진은 그걸 열어서 하나씩 확인해 줬다.

확실히 그 안에는 전부 다 들어가 있었다.

"그렇다면 여기서 의문점이 생깁니다. 과연 이 질 청결제는 어디에 있을 것인가? 그걸 챙긴 사람은 없습니다."

사라진 질 청결제. 그건 여전히 의문점이다.

"가해자가 윤활제로 썼다거나……."

"검찰 측, 사건이 벌어지자마자 피해자는 바로 병원으로 가서 검사했다는 점을 잊지 마십시오. 그랬다면 관련 성분이 나왔어야지요. 하지만 병원 기록에는 그러한 정보가 없습니다."

"크흠……."

"그리고 여기에는 없는 게 하나 더 있지요."

"칫솔이 없군요."

판사는 바로 알아차렸다.

비교해 보지 않았다면 몰랐겠지만 비교해 보니 바로 알 것 같았다.

"그렇습니다. 그리고 보다시피 제공된 위생용품 내에 칫솔은 두 개입니다."

그러나 증거에 찍혀 있는 위생용품에는 칫솔이 없었다.

"그리고 이 모든 증거는 바로 이 장소에서 발견되었지요."

노형진은 사진을 꺼내 들었다. 다름 아닌 사건 현장의 욕실이었다.

"이 욕실 바닥을 보십시오. 물이 흥건합니다. 아까 수건에서 봤다시피, 씻었다는 뜻이지요. 그리고 오른쪽에 있는 이 쓰레기통을 봐 주시기 바랍니다. 이 쓰레기통을 확대하면……."

그 사진을 확대하자 그 위로 하얀 뭔가가 삐죽 솟아 있었다.

"보다시피 칫솔의 손잡이가 보입니다. 그것도 두 개나요. 강간범이 칫솔을 두 개나 쓸 것 같지는 않습니다만?"

검사도 그 사진은 제대로 보지 못한 것인지 아무런 말도 하지 못했다.

확실히 사진상으로는 확대하기 전에는 그 쓰레기통이 잘 보이지 않는다.

더군다나 그 쓰레기통에 씌인 봉투까지 하얀색이라, 자세하게 보지 않으면 하얀색의 일회용 칫솔이 보이지 않았다.

그러나 사진을 확대하자 바로 보인다.

"그럼 쓰레기통 안에는 과연 뭐가 있을까요?"

"……."

사라진 여성 청결제. 그건 어디로 갔을까?

그 일반적인 용도를 생각하면 어느 쓰레기통으로 갔을지는 너무나 뻔한 일.

"사진의 정밀성이 너무 떨어집니다. 칫솔인 것 같기는 하지만 확실하게 보이지는 않습니다."

"보다시피 보정해서 화질을 높였습니다만?"

"그게 문제입니다. 보정했다는 것은 사실상 사진을 조작했다는 것입니다. 그런데 어찌 그 사진을 믿을 수 있단 말입니까?"

'뭔 개소리야?'

노형진은 짜증스럽게 검사를 바라보았다.

사실 틀린 말은 아니다.

하지만 말이 조작이지, 보정을 하는 이유는 그냥 편하기 보기 위해서다. 진짜 조작 없이 보겠다고 하면 그냥 사진을 전자현미경 같은 걸로 확대해도 된다.

'다급하기는 한 모양이네.'

검사의 입장에서는 단순히 지고 이기고의 문제가 아니라 일을 제대로 하느냐 못 하느냐의 자존심이 달려 있다 보니 지고 싶은 생각이 없는 모양이었다.

'하지만 과연 그게 가능할까?'

노형진은 히죽 웃으면서 판사를 바라보았다.

"재판장님, 전에 말씀드린 대로 피해자를 증인으로 신청합니다."

"재판장님! 전 반대입니다. 피해자에게 2차 피해를 강요할 수 있습니다."

"흠……."

판사는 고민하는 얼굴로 턱을 쓰다듬었다.

확실히 요즘은 그러한 2차 피해에 대해서도 신경을 많이 써야 한다.

하지만 노형진이 말한 대로 여러 가지 이상한 징후가 보이는 것도 사실이다.

강간도 강하게 처벌해야 하는 것이지만 돈을 노린 무고 역시 강력한 처벌을 내려야 하는 범죄인 것은 당연하다.

"피고인 측 변호인의 말대로 피해자는 증인석으로 나오십시오. 하지만 2차 피해의 가능성이 있다면 바로 증언을 중단시키겠습니다."

"네."

노형진은 그럴 생각이 없었기 때문에 고개를 끄덕거렸다.

잠시 후, 윤연미가 잔뜩 긴장한 얼굴로 증인석으로 올라왔다.

"증인."

노형진은 선서를 마친 윤연미에게 다가갔다. 그리고 그녀의 눈을 똑바로 바라봤다.

"네."

"증인은 피고인과 무슨 관계입니까?"

"아무런 관계가 아닙니다."

"진짜로 아무런 관계가 아닌가요?"

"그렇습니다."

"회사 동료일 뿐이라는 겁니까?"

"네."

"그런데 왜 몇 번이나 술자리를 함께했습니까?"

"그는 제 사수니까요. 어렵게 취업한 곳에서 밉보여서 잘리고 싶지는 않았습니다."

"그렇군요."

맞는 말이다.

경기가 안 좋아지고 실업률이 높아지면서 청년들은 겨우겨우 취업한 곳에서 잘릴까 봐 부당한 일을 당하고도 제대로 저항하지 못하는 일이 생기고 있는 것은 사실이기 때문이다.

"그러면 본인은 상대방에게 아무런 감정도 없다 이거지요?"

"네."

너무나 당연한 말이다.

그렇기 때문에 노형진은 더 이상 그것에 대해서는 묻지 않았다. 그건 의미가 없는 일이니까.

"한 가지만 묻겠습니다. 본인이 지금 사는 집, 월세죠?"

"네?"

"지금 사는 집 말입니다. 주인 측 말에 따르면 보증금 7천에 월 50만 원이라고 하던데, 맞습니까?"

"맞습니다."

"그리고 본인 차량이 오로라 맞지요? K 사의 중대형 차량."

"네, 맞습니다."

"그러면 그건 어디서 샀습니까?"

"그게 무슨……?"

다들 노형진의 질문에 고개를 갸웃했다.

그럴 수밖에 없는 게, 사건과는 전혀 상관이 없는 그녀의 재산에 대해 물어보고 있으니 이상할 수밖에 없는 것이다.

"재판장님, 이 질문들은 이번 사건과 전혀 관계가 없어 보입니다."

"관계 있습니다, 재판장님."

"흠……."

재판장은 잠깐 고민하다가 노형진의 손을 들어 주었다. 어떤 식으로든 관계가 있으니 질문을 한 것이라는 생각이 든 것이다.

자신이 관련 없어 보인다고 무조건 무시할 수는 없는 노릇이 아닌가?

거기에다가 자신은 2차 피해를 줄 수 있는 질문, 그러니까 교묘한 성희롱적 질문이나 본인에 대한 모욕 등에 대해 제재를 가하겠다고 했는데, 이건 그에 해당되지 않았다.

"계속하세요."

"감사합니다."

노형진은 판사에게 고개를 살짝 숙여서 감사의 인사를 하고는 다시 시선을 돌려 윤연미를 바라보았다.

"증인은 거래하는 은행이 어디인가요?"

"네?"

"거래하는 은행 말입니다."

"그게 이 일과 상관이 있나요?"

"있습니다. 각 은행마다 사실 조회 신청할 테니 그냥 사실대로 말하세요."

"조신은행. 세계은행. 두리은행입니다."

"세 곳이군요."

"네."

"적금은 들었나요?"

"네, 적금 들었습니다."

"대출은요?"

"없는데요."

"좋습니다. 사실 조회를 할 테니 그 부분에 대해서는 확실하게 알아 두십시오."

노형진은 고개를 끄덕거렸다. 그리고 자신이 하고자 하는 것을 못을 박아 뒀다.

윤연미는 노형진이 뭘 노리는지 알지 못한 채로 고개를 갸웃할 수밖에 없었다.

"제가 돈이 없다고 무시하는 건가요?"

"그럴 리가요. 다만 확인할 게 있어서 그럽니다."

"전 저 사람에게 한 푼도 받은 게 없습니다."

돈을 주고 싶어도 주지 못하니 당연히 받은 것도 없을 것이다.

"돈을 받았다고 주장하고 싶은 게 아닙니다."

노형진은 뭔가를 꺼내서 재판장에게 내밀었다.

"재판장님, 여기 참고 사항으로 피해자이자 증인인 윤연미 양의 세금 내역서를 제출하는 바입니다. 세무서를 통해 발급받은 사항입니다."

"세금? 웬 세금?"

다들 어리둥절한 얼굴이 되었다.

그녀가 낸 세금이 이번 사건과 무슨 관련이 있단 말인가?

이건 사기 사건도 아니고 돈이 관련된 것도 아닌데.

'일차원적으로 생각하면 그렇지.'

하지만 노형진은 그렇게 생각하지 않았다.

모든 것은 관련이 있기 마련이다. 특히나 심적인 변화는 더더욱 그렇다.

멀쩡하게 잘 살던 여자가 갑자기 '아, 내일부터 꽃뱀 노릇이나 해야겠다.'라고 생각하는 것은 드문 일이다.

'빚이 넘친다면 모르지만 말이야.'

하지만 스스로 말했다시피 그녀는 저축도 하고 적금까지 드는 사람이다. 참으로 부지런하고 바르게 보인다.

일면만 본다면 말이다.

"여기 지난 3년간의 평균 세금 내역을 봐 주십시오. 3년 전 그녀의 세금 납세 기록은 총 30만 원입니다. 2년 전 납세 기록은 40만 원이고, 작년 납세 기록은 20만 원입니다. 이 기록에 따르면 피해자 윤연미는 종합소득세 과세 구간 최하위에 속하며, 납부 과세 기준 6%에 속합니다. 즉, 연 1,200만 원 이하 수익자에 속한다는 뜻입니다. 이를 기준으로 보면 한 달 100만 원 이하 연봉자라는 뜻입니다."

"그래서요?"

"증인, 월세가 얼마라고요?"

"50만 원……."

"그러면 적금 금액은 얼마라고요?"

"……."

윤연미는 노형진이 노리는 걸 알아차리고는 대답을 하지 못한 채 눈만 데굴데굴 굴렸다.

하지만 그녀는 이미 함정에 빠졌고, 빠져나갈 구멍은 없었다.

"증인, 제가 아까 뭐라고 했지요? 대답하지 않는다고 해도 어차피 사실 조회를 신청할 겁니다. 적금 한 달에 얼마나 나갑니까?"

"하…… 한 달에…… 80만 원씩……."

"합쳐서 80만 원입니까, 아니면 따로 80만 원입니까?"

"……."

"증인!"

"따로……."

점점 기어들어 가는 목소리.

그 말을 들은 판사는 이상하다는 생각이 들었다.

적금과 월세만 해도 이미 한 달에 버는 금액을 한참 넘어가 버린다. 생활비나 기타 비용을 전혀 산정하지 않아도 말이다.

다른 사람들이 이상하다는 생각을 하는 사이에도 노형진의 공격은 계속되고 있었다.

"잔고는요?"

"그건……."

"잔고는 얼마 있나요?"

"……."

"뭐, 말하기 싫은 모양이지만 사실 조회해 보면 나오겠지요."

그럼에도 불구하고 그녀는 입을 열지 않았다. 할 수가 없었다.

"그런데 증인, 아까 뭐라고 했지요?"

"네?"

"아까 첫 직장에서 잘리고 싶지 않아서 그냥 조용히 있었다고 했지요?"

"네……."

"그러면 세금은 어째서 부과된 건가요?"

"아, 알바……."

"요즘 알바는 몇백만 원씩 주나 봅니다? 집 보증금도 7천이 넘고, 차도 3천이 넘고, 적금에다가 은행 잔고도 넉넉히 있는 것 같고. 그 돈, 다 어디서 나온 겁니까?"

"……."

대답할 말을 찾지 못한 그녀는 그저 입을 꾸욱 다물고 있을 뿐이었다.

"재판장님, 여기에 얼마 전 사실 조회를 신청한 서류를 제출하는 바입니다. 피고인의 카드 사용 내역서 1년분입니다."

"카드?"

도대체 카드 사용 내역은 무슨 상관이 있는지 다들 궁금해 했지만 그 돈이 어디서 나왔는지 해명할 수 있을지도 모른다는 생각에 모두의 시선이 그곳으로 향했다.

"이 카드 내역서를 보자면 말입니다."

노형진은 형광펜으로 미리 색칠한 부분을 보여 줬다.

이것이법이다

"저녁 7시경에 택시비가 표시되어 있습니다. 그리고 새벽 6시경에 다시 택시바가 표시됩니다. 가끔 빠지는 날이 있기는 하지만, 대부분 그렇게 표시됩니다."

일일이 줄을 그어 가면서 그녀가 택시를 이용한 날짜를 표시하는 노형진.

가끔 오후에는 안 쓰는 날이 있어도 새벽에는 다 택시를 사용했다.

다만 빠지는 날이 있기는 했다.

노형진은 그 부분을 정확하게 다른 색 형광펜으로 표시한 후 그녀에게 물었다.

"증인, 생리 날짜입니까?"

"뭐라고요?"

"재판장님! 이건 성희롱 발언입니다! 2차 피해를······."

버럭 소리 지르려던 검사의 목소리가 기어들어 갔다. 판사의 얼굴에 가득한 의심 때문이었다.

'이런 말 하면 그렇지만 말이야, 판사 놈들이 과연 이게 무슨 뜻인지 모를까?'

노형진은 속으로 히죽 웃었다.

물론 자기 돈으로 가지는 않을 것이다. 하지만 판사들에게 제공되는 엄청난 로비를 생각한다면, 판사들이 소위 말하는 밤 문화에 대해 잘 모르지는 않을 것이다.

그리고 이런 식의 패턴이 무슨 뜻인지도.

"막아 주셔야……."

결국 마지막에 희망 없이 웅얼거리는 검사. 그러나 의미가 없었다.

"증인, 대답하세요."

"전……."

"아, 그러고 보니 여기 산부인과 기록도 있네요. 거기에서 확인할 겁니다."

노형진은 히죽 웃으면서 다른 곳에 동그라미를 그렸다.

'어디서 구라를 치려고 해?'

당연히 그녀의 입에서는 다른 날짜가 나올 것임을 알고 있었다. 바보가 아닌 이상에야 이걸 사실대로 말하지는 않을 테니까.

그러나 산부인과에는 그 기록이 있다. 그러니 거짓말도 못 한다.

"……."

결국 아무런 말도 하지 못하는 윤연미.

"마지막으로 한 가지만 묻겠습니다. 증인, 그 많은 돈은 어디서 벌었습니까?"

"……."

"이상입니다."

노형진이 물러나자 검사는 눈을 잔뜩 찡그렸다.

피해자에 대한 믿음이 사라진 이상 이 공소를 유지하는 데 여러 가지로 곤란하기 때문이다.

"검사 측, 질문 있습니까?"

"없습니다. 하지만 재판장님, 이 점은 알아 주시기 바랍니다. 피고인의 과거 직업이 무엇이든 간에, 강간은 강간일 뿐입니다."

"흠, 확실히 그렇지요."

판사는 동의한다는 듯 고개를 끄덕거렸다.

강간은 강간일 뿐이다. 설사 그녀가 술집에서 일하는 여자라고 할지라도 자기가 하기 싫다고 거부했다면 강간은 당연히 성립된다.

과거나 현재 따위는 상관없다. 그 순간 피해자의 의견이 중요할 뿐.

'틀린 말은 아니지.'

노형진 역시 그 부분에 관해서는 고개를 끄덕거렸다.

그건 강간의 대명제다.

상대방의 믿음이 흔들릴지언정 그 직업이 그녀가 보호받지 않아도 되는 이유가 되어 주지는 않는다.

"좋습니다. 증인, 내려가세요."

"네……."

윤연미는 멍한 얼굴로 내려왔다.

'확실한 증거가 있다는 것과 의심스럽다는 건 전혀 다르니까.'

노형진은 속으로 그렇게 중얼거리면서 자리에서 다시 일

어났다.

"재판장님, 전 여기서 증인을 한 명 더 신청하고자 합니다."

"인정합니다."

사전에 이야기해 놨기 때문에 판사는 고개를 끄덕거렸다.

검찰 측은 짜증스러운 얼굴이 되었다. 그럴 수밖에 없는 게, 그가 누군지 전혀 예상되지 않았기 때문이다.

"증인, 선서하세요."

"선서!"

상당히 나이가 들어 보이는 남자.

꾸부정한 몸을 가진 그는 피곤한 얼굴로 증인석에 올라왔다.

노형진은 그런 그에게 다가갔다.

"증인, 전과 몇 범입니까?"

"엥?"

"뭔 질문이……?"

증인의 가장 중요한 덕목은 진실성과 믿음이다.

그러나 전과를 달고 있다는 것은 애초에 진실과 믿음에 그다지 가깝지 않다는 증거가 된다. 그래서 대부분의 경우 증인의 전과 기록은 묻지 않는다.

그런데 노형진은 먼저 물어본 것이다, 마치 자폭하듯이.

"전과 7범입니다."

"죄목은요?"

"사기입니다."

"수형 생활 했습니까?"

"네."

수형 생활은 감옥에서 생활한 기간을 뜻한다.

"좋습니다, 증인. 증인은 그럼 2007년 ○○월부터 2008년 ○○월까지 수형 생활을 했나요?"

"네, 광주에서 했습니다."

"광주에서 했다고요."

"네."

"그러면 윤연석이라는 사람을 압니까?"

"압니다."

"어떻게 알지요?"

"감방 동기입니다."

"그렇군요. 재판장님, 여기 윤연석의 수형 기록과 증인의 수형 기록을 제출하는 바입니다. 이 기록에 따르면 증인은 수형 기간 동안 윤연석과 동일한 방에서 생활한 감방 동기입니다."

그러면서 노형진의 시선은 자연스럽게 방청석에 앉아 있는 윤연석에게로 향했다.

그러자 그게 무슨 의미인지 알아챈 윤연석은 다시 한 번 자리에서 일어나서 슬며시 나가려고 했다.

그러나 이미 뒤는 다른 사람들이 막고 있었다.

시선이 모조리 그에게 쏠린 상태에서, 노형진은 다시 한 번 증인에게 물었다.

"그러면 증인, 여기서 윤연석을 지목해 주시기 바랍니다."

"불가능합니다."

"어째서죠?"

"여기에 윤연석은 없습니다."

"그렇단 말이지요."

노형진은 천천히 단상에서 멀어져, 바들바들 떨고 있는 윤연석에게 다가갔다.

"그래서, 당신은 누구죠?"

그 질문 한마디에, 그는 의자에 털썩 주저앉았다.

⚖

"쯧쯧…… 그렇게 좋을까."

멀어져 가는 구급차를 보며 노형진은 혀를 끌끌 찼다.

살다 살다 좋아서 울다가 탈진하는 의뢰인은 또 처음이었다.

무죄판결이 나고, 그는 그곳에서 바로 풀려났다.

그날 좋아서 울다가 실려 가더니 오늘 확실하게 무죄를 증명하는 서류가 날아오자 또 좋아서 울다가 탈진한 것이다.

"맨탈이 순두부여, 아주."

"순두부? 내가 봐서는 필라델피아 치즈 같은데?"

"여기가 서양이냐?"

"치즈가 두부보다 약하거든!"

"그렇다고 치자고."

한 번도 아니고 두 번이나 좋아서 탈진하다니, 진짜 생활하기 힘든 멘탈이었다.

"결국은 어떻게 된 거야? 꽃뱀인 건 알겠는데."

"그렇지."

돈을 노리고 접근한 것이 확실했고 모든 거짓이 드러난 상황에서 사건은 사실상 끝난 것이나 마찬가지였다.

"그 녀석은 윤연석이 아니었어."

"그건 알고."

"알고 보니 실장이더군. 아니, 사장이라고 해야 하나?"

"사장?"

"그래."

원래는 함께 일하던 실장이었다. 그러다가 나와서 자기 가게를 열었다.

그리고 망했다. 그것도 아주 쫄딱.

"윤연미는 거기에 투자했다가 몽땅 날렸고."

"헐."

결국 그들은 그걸 복구할 방법을 찾으려고 했다.

물론 윤연미야 다시 본업으로 돌아가도 되지만 남자는 아니었다. 대대적인 단속 바람이 불면서 있는 가게도 망하는 판국인지라 받아 줄 곳이 없었던 것이다.

"거기에다 단속을 당하면서 그가 데리고 왔던 여자들도 다른 곳으로 떠났고."

"그래서 사기를 치려고 한 거군."

"그래."

문제는 엉뚱한 남자가 증인이라고 끼면 꽃뱀이라고 경찰이 의심할 가능성이 높다는 것.

워낙 그런 타입의 사건이 많았기 때문이다.

그렇다고 여자 혼자 하게 두자니 너무 위험했다.

"뭐, 첫 번째 희생양이 그렇게 가난한지 몰랐다는 게 실수였지만."

그래서 윤연석의 신분을 도용한 것이다.

신분을 도용하는 것은 어렵지 않았다.

가짜 주민등록증을 만드는 데에는 50만 원이면 되었고, 필요한 서류는 윤연미가 충분히 뽑을 수 있었다. 가족이니까.

"진짜 윤연석은?"

"모르지. 범죄자 출신이니 떠돌아다니면서 노가다를 뛰는 모양이야. 제대로 취업하기는 힘드니까."

콩가루 집안이다 보니 그가 어디에 있는지는 관심도 없었다. 필요한 것은 그의 신분뿐이었으니까.

"거참, 진짜 막나가는 집안이네."

"그러니까."

결국 그들은 무고죄로 역고소를 당하는 상황이 되었다.

증거도 넘치니 처벌은 피하지 못할 것이다.

"그나저나 제대로 돈도 받지 못해서 어째?"

이번 사건을 해결하고 받은 돈은 고작 50만 원. 국선변호인 비용이다.

노형진은 씩 웃었다.

"그래도 대신에 한 남자의 인생을 구했잖아? 그 정도면 충분한 것 아니겠어? 한 사람의 인생은 50만 원보다는 훨씬 비싸다고."

노형진의 말에 손채림은 피식 웃을 수밖에 없었다.

다음 권으로 이어집니다

200평 초대형 24시 만화방

수면실 (침대식) — 사우나석

다인석 — 샤워실

세탁기 — 신간100%

📖 수원 인계동점

나혜석거리 ● ● 농협

● CGV ● 수원시청역 ⑧

무비 사거리

소주한잔 건물
24시 만화방 3F

홍콩반점 홈플러스

TEL : 031-226-3771
수원시 팔달구 인계동 1041-11 3층 24시 만화방

📖 의정부점

의정부역 ④ ⑤ 흥선지하도

◀서울방향

진성약국 던킨도넛츠

24시 만화방 3F

TEL : 031-856-3971
경기도 의정부시 의정부동 197-13 3층

📖 주안점

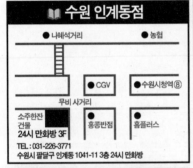

주안 남부역

◀제물포

민병철 어학원

간석동▶

25시 만화방 6F

TEL : 032-426-2871
인천광역시 주안남부역 지하상가 4번 출구 GS25시 건물 6층

📖 안양점

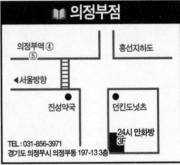

● 안양역

육교

◀관악역

명학역▶

농협

24시 만화방 2F
안양일번가

TEL : 031-466-3771
경기도 안양시 안양동 674-163 죠이당구장건물 2층

ROK
MEDIA
로크미디어

수어재 대체역사 소설

ROK HISTORY FANTASY

수색 조선

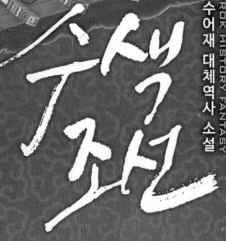

꿀통들이 회귀하면 뭔가 다르다!
현대로 돌아가는 김에 세계 정복까지?
『수색 조선』

뜬금없는 오행진의 발동에 휘말려
조선 시대에 떨어진 수색대
현대로 돌아가려고 발품을 팔아 보니
21년 뒤에나 가능하다는데?

"기다린다.
기다려서, 우릴 이렇게 만든 놈들을 조져 버린다!"

주술사가 태어나기까지 앞으로 21년,
조선에 대변혁의 바람이 몰아친다!